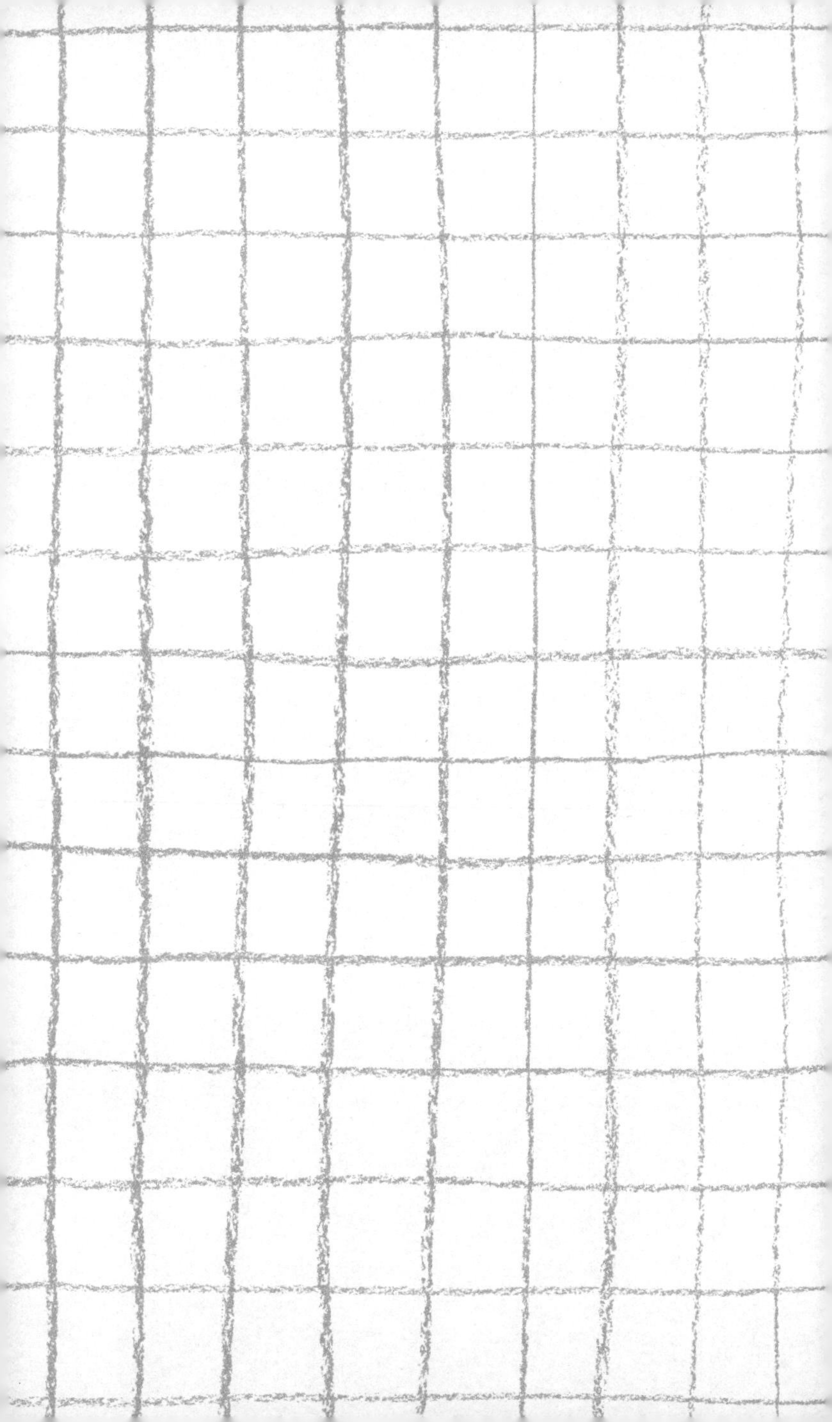

나의 활용도를 높이는
브랜드 마케터의 기록 에세이

쓰다 보니,
쓸 만해졌습니다

위한솔 지음

일러두기

- 이 책에 인용된 문장들은 출처를 확인한 후 저작권자의 허락을 얻었습니다.

✓ 추천의 글

인간은 고체가 아니라 액체에 가깝다고 생각합니다. 물이 시간에 따라 흐르고 모양을 바꾸는 것처럼, 우리의 얼굴과 체형이, 좋아하는 것도, 싫어하는 것도, 그리고 생각들도 바뀝니다. 저는 원래 민트 초코를 못 먹었지만, 이제는 잘 먹게 되었거든요. 하지만 강물이 스스로 얼마나 흘러왔는지 알지 못하는 것처럼, 우리가 자신의 변화를 깨닫는 것은 쉽지 않습니다. 그래서 기록이 좋더라고요. 기록은 내가 어떻게 흘러왔고, 어디로 흘러가고 있는지를 적당히 객관적으로 바라볼 수 있게 해주는 좋은 방식입니다. 기록을 통해 우리의 변화와 성취를 직접 깨닫게 될 때, 고집은 무너지고 새로운 길이 열립니다. 그리고 그런 변화의 역사가 나 자신을 더 소중히 여기게 만들었습니다. 위한솔 님의 책 《쓰다 보니, 쓸 만해졌습니다》는 기록이 지닌 가치와 힘을 솔직하게 담아낸 작품입니다. 한솔 님은 자신의 삶 속에서 기록이 어떻게 위로가 되고, 성장의 발판이 되었는지를 한솔 님만의 경험과 시선으로 풀어냅니다. 그의 문장을 따라 가다 보면, 기록이 단순한 습관을 넘어 우리 자신을 이해하고 삶을 깊이 있게 만드는 과정임을 깨닫게 됩니다. 이 책 덕분에 저는 저의 흐름을 더욱 소중히 바라보게 되었습니다. 흐르는 강물처럼 우리도 변화하며 성장합니다. 기록을 통해 자신의 발자취를 돌아보고, 나아갈 방향을 찾을 수 있다면, 그 자체로도 충분히 의미 있는 여정이 될 것입니다. 이 책이 기록을 시작할 용기와 영감을 주기를 바랍니다!

_ 임승원, 《발견, 영감 그리고 원의독백》 저자 · 크리에이터

생각은 현실이 된다. 정확히는 생각을 쪼개어 기록하고, 그 기록을 수정해가면서 현실이 된다. 그래서 '쓸수록 선명해진다'는 명제에 크게 동의한다. 아직 듬성듬성 희뿌연하고 막연한 생각의 조각들을 가지고 있는데, 무엇부터 해야 할지 막막한 이들에게 이 책을 추천한다.

기록의 목적은 무엇을 기록하냐에 따라 두 가지로 나뉠 수 있을 것 같다. 타인의 것을 기록한다는 건 내가 텅 비어있음을 인정하는 겸손, 허기를 채우고픈 마음일 거다. 내 것을 기록한다는 건 머릿속 수많은 것 중 선별하고 정리하는 깔끔함, 그리고 기억하기 위함일 거다. 나는 이런 한솔 작가님의 겸손과 허기, 그리고 깔끔함이 좋아서 이 책을 읽었다. 그리고 이런 성향의 분들에게 이 책은 조용한 기록 친구가 되어줄 수 있을 것 같다.

"지금 나는 당시 어떤 어른도 추천하지 않았던 일을 하고 있다"라는 그의 고백에 울컥했다. 무엇이 될지는 모르겠지만 무엇을 묵묵히 하는 한솔 작가님의 조금은 바보스러운 묵묵함을 책에서 배울 수 있었다. 대개 묵묵함을 이야기할 때 폐쇄적일 때도 많지만, 그는 창문을 잘 열어둔다. 그 사이로 햇살도, 바람도 자유로이 들어왔다 나가고, 무엇보다 많은 이들이 머물다 간다. 참으로 성실한 그의 SNS에서 나누는 글, 글씨, 책 list 공유가 그렇다. 그 경험들이 자유로이 쌓이고 쌓여 그만의 고유함을 찾아가는 여정이 흥미롭다. 무엇보다 다름을 위한 다름이 아닌, 특별 강박을 벗고 고유함을 찾는 그의 여정은 '이 사람은 나랑 다르네. 그처럼 특별하지 않은 나는 할 수 없겠네'라고 선을 긋기보다 '나도 이렇게 시작할 수 있겠는데?' 하고 읽는 사람의 마음의 문도 조용히 열어주는 느낌이다. 나도 그처럼 특별 강박을 벗고 고요히 고유함을 찾으러 가야지. 그처럼 뚜벅뚜벅 성큼성큼.

_ 박신영, 《기획의 정석》 저자

같은 마케터이자 동갑내기 친구로서, 저자와 나는 서로에게 좋은 자극이 되며 성장해왔다. 하지만 같은 일을 한다고 해서 모두 같은 길을 가는 것은 아니다. 《쓰다 보니, 쓸 만해졌습니다》를 읽으며, 결국 우리를 빛나게 하는 것은 '직업'이 아니라, 각자가 쌓아온 '고유함'이라는 것을 다시금 깨닫는다.

광고대행사에서 IT 금융회사, 그리고 브랜드 마케터로 일하며 저자는 매일의 경험과 배움을 기록해왔다. 그 과정에서 자신만의 색과 쓰임새를 찾아갔다. 이 책은 단순한 기록의 힘을 넘어, 매일의 사색과 기록이 어떻게 커리어와 삶을 확장하는 자산이 되는지를 보여준다. 특히 크리에이티브 분야에서 일하는 사람 특유의 시선과 통찰이 담겨 있어 더욱 흥미롭다.

나다운 삶은 찾아내는 것이 아니라, 차곡차곡 쌓아가는 것임을 이 책을 통해 다시금 깨닫는다. 자신만의 브랜드를 만들고 싶거나, 나다움을 찾아가고 싶은 이들에게 좋은 자극과 영감을 줄 것이다.

_ 이승희, 《기록의 쓸모》 《질문 있는 사람》 저자 · 브랜드 마케터

나는 저자의 기록을 오랫동안 지켜봐 왔다. 그리고 이 책을 읽으며 확실히 알게 됐다. 쓰다 보니 쓸 만해진 한 사람의 기록이, 어떻게 나다움을 만들어 가는지를. 저자는 말한다. 기록을 한다고 해서 당장 큰 변화가 생기지는 않는다고. 하지만 매일 보고, 듣고, 느낀 것들을 차곡차곡 쌓아가다 보면, 흩어진 조각들 같던 기록이 점점 선명한 결을 갖게 되고, 나만의 쓰임새를 만들어 간다고 말이다. 나다움을 어디서, 어떻게 찾아야 할지 막막했던 사람들에게 이 책은 기록을 시작할 용기를 주고, 꾸준히 이어갈 수 있도록 도와주는 친절한 가이드가 되어줄 것이다. 쓰다 보니 쓸 만해지는 경험을 꼭 해 보기를!

_ 리니, 《기록이라는 세계》 저자

✓ 프롤로그

축하해, 몇 번이나 나는 내 존재 형태를 바꿀 수밖에
없었지만, 결국 내가 가장 원하는 내가 되었구나.

- 보도 섀퍼, 《보도 섀퍼의 이기는 습관》

꽤 오랫동안 저는 저 자신이 '쓸 만한 사람'이 아니라고 여겼습니다. 세상에 뛰어난 사람들이 얼마나 많은가요. 그들 앞에서 제 모습이 너무나 초라해 보여, 어느새 스스로의 가치를 깎아내리며 지내곤 했습니다. 그러던 어느 날, 우연히 누군가의 소소한 일상 기록을 읽게 되었는데, 그 글이 제 마음속에 작은 불씨를 피워주었습니다. 비범하지 않아도, 누구에게나 자신만의 생각과 이야기가 있다는 사실을 새삼 알게 됐거든요. 그때 "그래, 기록이라도 해보자"라고 다짐했죠. 누군가의 눈에 대단해 보이지는 않아도, 내가 보고 듣고 살아가는 이야기를 남기다 보면 언젠가는 나라는 존재가 조금 더 세상에 또렷하게 남지 않을까 하는 기대감이 생겼습니다.

작은 기대감이었지만, 효과는 대단했습니다. 소소하게라도 남긴 흔적들이 모이기 시작하자, 잘게 흩어져 있던 제 삶이 놀랍도록 활기차게 엮이더군요. "아, 이게 그냥 흘려보낼 일은 아니었구나!" 하는 깨달음이 찾아왔고, 어느새 그 작은 기록들이 저만의 '쓸모'를 만들어내고 있었습니다. 지나치게 잘게 쪼개져 있어서 제가 몰랐던 것뿐이죠.

그 과정을 통해 저는 알게 됐습니다. 내가 보고 듣고 경험한 것을 쓰는 행위는 그저 과거를 붙잡아두는 행위만이 아니라, 나를 알아가고 새롭게 빚어가는 과정이라는 사실을요. 초라하다고 느끼던 어느 하루를, 보잘것없다 치부했던 그 생각을 어딘가에 쓰면서 붙들어놓고 되짚어 볼 때마다 저는 전혀 다른 느낌으로 매일을 마주하게 되었습니다.

"나는 왜 이렇게 평범하지?" 하고 자책만 하던 시간조차 어쩌면 지금의 '나'라는 이야기를 만들어가는 데 중요한 재료였다는 걸 비로소 인정할 수 있었어요. 누구나 각자에게 이런 시간과 소재들이 존재합니다. 다만 대개는 그저 맴돌거나 놓쳐버리기 일쑤일 뿐이죠. 그렇기에 저는 기록이란 그저 '남기는 것'을 넘어, '자신을 발견하는 힘'이라고 믿게 됐습니다.

저마다 다른 삶을 살아가고, 각자만의 생각과 감정을 쌓아갑니다. 혹시 스스로를 "난 별로인 것 같아"라고 낮춰보고 있다면, 한번쯤은 무심코 지나치는 일상 속 순간이나 보고 들은 많은 것들을 기록으로 남겨보세요. 언젠가 그 조각들이 서로 연결됐을 때 "아, 나도 쓸 만한 사람이네!" 하고 미소 지을 날이 반드시 올 거라고 믿습니다.

이 책은 그 믿음에서 비롯된 결과물입니다. 대단한 철학을 펼치거나 멋진 문장으로 채우겠다는 거창한 목표를 가지고 시작한 건 아닙니다. 저 역시 여전히 여정의 한가운데를 걷는 중이지만, 이 책에 담긴 이야기가 누군가의 지친 하루에 작은 용기와 새로운 시선을 전해줄 수 있길 바랍니다. 한 발짝 더 가까이, "내가 참 쓸모 있고 괜찮은 사람이구나" 하고 깨달을 수 있는 그 길로 함께 걸어가 보아요. 꾸준히 나만의 이야기를 쓰고 쓰다 보면, 어느새 '쓸 만한' 사람이 되어 있을 테니까요.

폴더 1.
“나다움을 발견하는 시간”

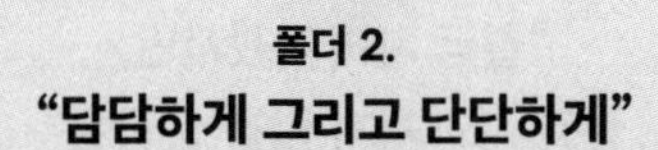

폴더 2.
“담담하게 그리고 단단하게”

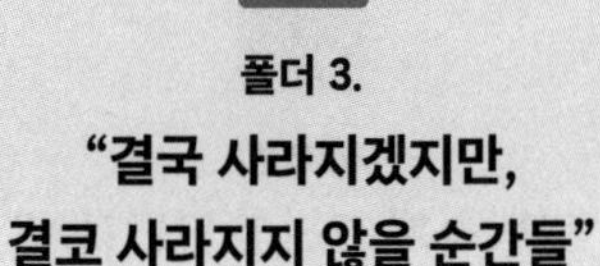

폴더 3.

"결국 사라지겠지만, 결코 사라지지 않을 순간들"

폴더 4.
“나만의 가치를 만드는 사소한 차이”

폴더 1.

"나다움을 발견하는 시간"

✓ 신문과 신문지의 차이

"신문 광고가 잘못 나갔잖아요!"

새벽 4시 30분, 광고주에게 걸려 온 전화 한 통으로 지금도 잊지 못하는 기나긴 하루가 시작되었다. 잠결에도 뭔가 심상치 않음을 직감했지만, 막상 전화기 너머로 "이게 도대체 어떻게 된 거예요!"라며 다급하게 외치는 목소리를 듣는 순간 등골이 서늘해졌다.

당시 광고 대행사에 입사한 지 몇 년 되지 않은 AE(광고기획자를 뜻하는 광고업계 용어)였던 나는 하루에도 수많은 신문 광고를 내보냈다. 지금처럼 디지털 광고 미디어가 대세가 되기 전이라, 신문에 게재되는 광고의 비중이 여전히 높았던 시기였다. '광고' 일에 몸담으면서 겪을 수 있는 최악의 사고 중 하나가 바로 '신문 광고 사고'인데, 업무 보조 직원의 실수와 미숙한 담당자였던 나의 환상적인 콜라보로 그 최악의 사고가 터져버린 것이다.

"지금 당장 모든 신문사 신문을 싹 다 구해놔!"

사정을 알게 된 후 연락하신 팀장님의 목소리에는 절박함이 가득했다. 잘못 인쇄된 광고는 '들어가지 않았어야 할 문구'가 들어간 버전의 광고였다. 게다가 내가 실수로 잘못 내보낸 문구는 정부 정책과 맞물린 민감한 메시지였다. 잘못하면 광고주가 정부에 찍힐 수도 있는 노릇이었다. 이걸 해결할 방법은 같은 문구를 사용한 다른 광고가 있는지를 확인하는 것밖에 없었다. 나의 광고주가 처음이 아니면 해결될 일이었다. 결국 나는 새벽 5시부터 거리로 뛰쳐나가, 이제 막 배포되기 시작한 신문들을 구하기 위해 동분서주했다.

평소라면 아침 10시가 넘어야 손에 쥘 수 있었던 신문을 그 어둑한 새벽에 사들이려니 얼마나 막막하던지……. 편의점과 가판대를 뒤져 1시간 동안 겨우 5가지 종류의 신문만을 찾을 수 있었다. 다행히 우리가 놓쳤던 그 문구를 다른 회사 몇 군데도 사용하고 있었다는 사실을 확인할 수 있었고, 덕분에 광고주는 그나마 가장 최악의 상황을 피할 수 있었다.

문제가 일단락된 후 일과 시간 내내 질책이 이어졌다. 거기에 새벽부터 신문을 들고 우왕좌왕했던 내 모습이 머릿속을 떠나지 않아, 정말 길고도 진이 빠지는 하루였다.

그 사건 이후, 나에게는 특별한 습관이 생겼다. 편의점에 들를 때마다 신문 판매대가 있는지 확인하고, 있으면 그날의 주요 신문을 한 부 사는 것이었다. 스마트폰으로도 충분히 기사를 볼 수 있었지만, 수많은 사람의 땀과 노력이 담긴 종이신문에 대한 애증의 마음이었다. 그날의 치명적인 실수는 역설적으로 신문의 가치를 일깨워준 계기가 되었다.

긴 시간이 흘러 더 이상 신문을 사지 않게 된 어느 날, 이사를 앞두고 많은 양의 신문지가 필요했다. 이삿짐을 안전하게 포장하는 것 외에도 식재료 보관용으로, 젖은 운동화를 말리는 용도로 신문지만한 게 없기 때문이다.

과거에는 신문 한 부를 찾겠다고 그렇게 온 동네를 뒤지고 다닐 정도로 구하기 어려웠건만, 놀랍게도 온라인에서 손쉽게 신문지를 구매할 수 있었다. 11kg 정도의 신문지 뭉치가 5천 원 정도였다. 오늘 자 신문 한 부를 사는 가격에 비하면 굉장히 저렴한 비용으로 훨씬 더 많은 신문지를 살 수 있다니!

한때는 광고 지면 하나로 수많은 사람들을 벌벌 떨게 만들고 그렇게도 나를 고생시킬 수 있는 힘을 가졌던 신문이, 이제는 무게 단위로 거래되는 생활용품이 되어버린 현실이 약간 씁쓸했다. 오늘 자 신문과 묶음으로 파는 신문지. 물리적으로는 똑같은 종이지만, 시의성이 만들어주는 가치의 차이는 극명했다. 신문의 본질은 장당 몇십 원짜리 종이에 불과하지만, 발행 당일의 그 순간만큼은 세상의 움직임을 전하는 귀중한 매개체가 된다.

11kg의 신문지를 바닥에 쌓아 놓고 이삿짐을 포장하는 동안, 문득 과거의 그 새벽이 떠올랐다. 단 한 장의 신문이 그토록 중요했던 그날과 이제는 무게로만 가치가 매겨지는 신문지 뭉치 사이의 아이러니. 손에 쥔 신문지

한 장을 펼쳐보니 몇 달 전의 광고와 기사가 또렷이 보였다. 누군가에게는 그날의 중요한 결과물이었을 텐데, 이제는 그 누구도 눈여겨보지 않고 포장재로 쓰이고 있을 뿐이다.

신문과 신문지의 차이를 마주했던 날, 쓸데없이 거창하지만 한 가지 교훈을 얻었다. 찰나에 사라지는 가치에 우리의 인생을 걸지 말자는 것. 잠시 반짝이다 사라지는 유행이나 일시적 관심사에 너무 많은 것을 투자하지 말자는 것. 그 대신, 시간이 흘러도 변치 않는 가치, 훗날에도 여전히 의미 있는 것들을 추구해야 한다는 것. 누군가의 삶에 진정한 도움이 되는 일, 오래도록 기억될 만한 경험, 세월이 지나도 빛을 잃지 않는 관계 같은 것들 말이다.

나는 얼마나 자주 '지금 이 순간'의 반짝임에 현혹되고 있을까? 내일이면 묶음으로 버려질 헤드라인에, 다음 주면 잊힐 트렌드에, 한 달이 지나면 아무도 기억하지 못할 논쟁에 너무 많은 시간과 에너지를 쏟아붓고 있진 않을까?

오늘 자 신문이 내일이면 쓸모없는 신문지가 되어버리듯, 순간의 가치에만 너무 집중하면 우리도 결국 다른 것들과 묶여 한 번에 버려지는 존재가 될 수 있다. 순간의 가치도 중요하지만, 시간이 흘러도 변치 않는 진정성 있는 가치는 분명 존재한다. 시간이 흘러도 의미를 잃지 않는 존재로 살아가고 싶다.

순간의 가치도 중요하지만,
시간이 흘러도 변치 않는
진정성 있는 가치는
분명 존재한다.

시간이 흘러도 의미를 잃지 않는
존재로 살아가고 싶다.

✓ 이름력 프로젝트

내가 다녔던 첫 회사는 호칭이 특이하기로 유명했다. 신입 사원부터 대표까지, 모두가 예외 없이 서로를 '프로'라고 불렀기 때문이다. 예를 들어 "한솔 프로" 또는 "한솔 프로님"이라고 부르는 식이었다. 요즘은 직급을 생략하는 회사가 많아지면서 '프로'라는 호칭도 많이 사용하지만, 내가 사회생활을 시작했을 때만 해도 이런 호칭은 매우 생소했다. '프로'라고 하면 대체로 검사나 골프선수에게 사용하는 호칭으로 인식하곤 했고, 심지어 수평적인 호칭과 직급 없는 문화 자체가 드물었다 보니 주변 지인들에게는 나에게 붙은 프로라는 호칭이 꽤나 인상적이었다고 한다. 그 덕분에 '위한솔 프로' 혹은 '위프로'라는 호칭이 회사 안팎에서 나를 부르는 고유 명사처럼 되었다.

호칭이 특이한 데다가 제법 이름이 알려진 광고 대행사였다 보니, 덕분에 내 이름을 밝힐 때 부연 설명 없이 '회사명'만 이야기해도 충분했다. 미팅 자리에서든 강연 자리에서든 "이 광고 대행사의 위한솔입니다"라고 말하면, 내가 누구인지 내 실력이 어느 정도인지 의문을 가지지 않았다. 회사 일로 만나는 사람들도 쉽게 "프로님"이라고 부르면 될 일이었다. 내가 맡은 클라이언트가 내 커리어를 대변했고, 함께 일했던 동료들이 나의 포트폴리오가 되어 주었다.

하지만 그 회사를 떠나 IT 금융 회사의 마케터로 이직을 하면서 한 가지 불편함이 생겼다. 강렬했던 첫 직장의 타이틀과 '프로'라는 호칭이 사라지자, 이제 나를 어떻게 설명하고 불러야 할지 막막해진 것이다. 이직한 회사도 대외적으로는 꽤나 알려진 곳이긴 했다. 하지만 광고와 마케팅을 하는 사람들 사이에서 영향력이 있는 회사는 아니었기 때문에 사람들에게 내가 하는 일을 구구절절 설명해야 하는 일이 잦아졌다. 그리고 더 나아가서 이직한 회사에서는 영어 닉네임을 사용해서 호칭도 어려워졌다. 당시 나의 닉네임은 '한스'였고, 뒤에 '님'자도 붙이지 않는 그저 '한스'였다. 회사에서는 편하게 부를 수 있어 좋았지만, 회사 밖에서 나를 소개할 때마다 난감해지곤 했다.

"저, 제가 뭐라고 부르면 될까요?"

업무상 협업해야 하는 분들은 한국인의 정서상 호칭 없이 영어 이름으로만 부르기는 어색했을 것이다. 때로는 '한솔 님', 어떤 때에는 '한솔 매니저', '한솔 담당자', '한솔 마케터' 등 시시각각 호칭이 변했다. 그러다 보니 강연장에서도, 미팅 자리에서도, 개인적인 모임에서도 이제 더 이상 회사 이름이나 특별한 호칭에 기대어 나를 설명할 수 없다는 현실을 마주했다.

이 작은 불편함이 주요한 고민으로 자리 잡은 건, 우연히 SNS에서 보게 된 한 아나운서의 글 덕분이었다. 대형 방송사 아나운서였던 그분은 "어느 방송국의 아나운서"라는 타이틀 없이 자신을 설명해야 할 때면, 자신을 어떻게 정의해야 할지 고민하게 된다고 했다. 그 글을 읽으며, 나 역시도 이제 한 회사의 이름이나, 특별한 호칭 뒤에 숨을 수 없겠다는 사실을 깨달았다.

'소속 없이도 스스로 설 수 있는 이름의 힘을 길러보자.'

그때부터 소속이 없어도 내 이름의 가치가 희석되지 않을 준비를 해야겠다고 다짐했다. 그렇게 시작한 이 프로젝트의 명칭은 '이름력 프로젝트'다. 내 이름에 자생력을 길러주겠다는 의미를 담아 '이름'에 '힘 력(力)' 자를 붙였다. 안타깝게도 다짐하자마자 현생이 바빠 몇 년간 잠깐 소홀해졌었는데, 코로나 팬데믹을 계기로 추진력을 얻었다.

팬데믹 시기는 "직장이 더 이상 내 미래를 책임지지 않는다"는 현실을 일깨워 주었다. 불확실한 미래 속에서 많은 사람이 반강제적으로 직장을 떠나 새로운 길을 찾기 시작했다. 그들을 바라보며 더 이상 직장이 내 이름을 대변하지 않는다는 것은 개인적인 불편함의 수준이 아니라, 불안한 현실로 다가왔다. 당장 내일 이 직장을 나가면 나는 무엇을 할 수 있을까? 많은 사람이 이와 같은 고민을 하기 시작했다. 덕분에 직장이 없어도 자신의 가치를 인정받을 수 있는 '직업인'이 되어야 한다는 생각이 자리 잡게 되면서 '퍼스널 브랜딩'이라는 개념이 함께 주목받게 되었다.

기록을 본격적으로 해야겠다 다짐하고 'wi_see_list'라는 인스타그램 계정을 만들어 콘텐츠를 업로드하기 시작한 것도 이때부터였다. '브랜드 마케터'라는 나의 정체성이 잘 드러날 수 있는 주제를 콘텐츠에 담았고, '수집'과 '관찰'을 좋아하는 나의 성향을 살려 '브랜드 마케터가 바라보는 세상'을 꾸준히 기록했다. 덕분에 지금은 4만 명이 넘는 인스타그램 팔로워들과 소통하고 있다. 더 나아가서는 꿈꾸었던 대로 마케터들 사이에서 별다른 수식어 없이도 '위한솔'이라는 이름 그리고 '위씨리스트'라는 이름으로 나를 소개할 수 있게 됐다.

《직장인에서 직업인으로》의 저자이자 리더십 커뮤니케이션 분야에서 컨설팅하고 있는 김호 님은 '직장'은 소속을 의미하지만 '직업'은 개인의 역량을 뜻한다고 말했다. 직장은 남이 만들어놓은 조직의 정체성을 따르는 것이지만, 직업은 나 자신의 가치를 담아 돈으로 치환할 수 있는 능력이라는 것이다. 그래서 직장은 통장, 직업은 현금에 비유하기도 한다. 우리에게 중요한 것은 통장이 아니라 현금이니까. 나를 담고 있는 그릇이 아니라, 그 안에 들어있는 본질이 더 중요하다는 뜻이다.

이런 맥락에서 봤을 때 한 광고 대행사의 '위한솔 프로'라는 호칭은 그 당시에도 그리고 지금도 내가 속한 조직의 정체성을 설명할 뿐, 나 자신을 온전히 대변하지는 못했다.

이제 나는 '어느 회사 출신'이나 'OO 소속'으로 나 자신을 설명하는 대신, '위한솔'이라는 이름이 어떤 의미를 가지는지, 나의 정체성이 무엇인지 고민한다. 내가 읽는 책, 관심을 두고 하고 있는 공부, 만나는 사람들, 기록하는 글, 방문하는 장소, 해결하는 문제들 모두 내 이름 세 글자가 홀로 설 수 있는 힘을 길러주는 과정이라고 생각한다. 그렇게 찾은 나의 가치이자 직업은 '고유성을 찾아주는 브랜드 마케터'다. 나는 나 자신을 '개인이 자신의 정체성을 고민하고 세상에 알리는 일부터, 기업 단위에서 브랜드가 장기적으로 브랜딩을 고민하고 실행할 수 있도록 돕는 사람'으로 정의 내렸다.

지금도 일하는 순간이나 새로운 사람을 만날 때면 마음속으로 묻곤 한다.

"지금 이 순간, 소속 없이도 나를 온전히 설명할 수 있는가? 내가 쌓아온 이야기와 역량이 '위한솔'이라는 이름을 설득력 있게 만들어주는가?"

언제든 직장을 잃을 수도, 내가 전적으로 의존하던 호칭이 사라질 수도 있는 불확실한 시대다. 그럴수록 '이름 하나로 충분히 가치 있는 사람'이라는 자신감을 가져야 한다고 믿는다. 내 이름이 어떤 회사의 타이틀 없이도 빛나려면, 내가 이 세상에서 무슨 역할을 할 수 있는지, 어떤 식으로 성장해나갈 것인지 꾸준히 고민해야 한다.

오늘도 나는 부지런히 적고, 배우고, 나누면서 스스로에게 묻는다. "지금도 잘 가고 있니?" 언젠가 다른 사람들 역시, "그 사람은 이름만으로도 충분히 자신의 가치를 증명하는구나!" 하고 생각해줄 수 있길 바란다. 그것이야말로 내가 바라는 '소속 없이도 스스로 설 수 있는 이름력'의 실현이니까.

"그 사람은 이름만으로도
충분히 자신의
가치를 증명하는구나!"
하고 생각해줄 수 있길 바란다.

그것이야말로 내가 바라는
'소속 없이도 스스로 설 수 있는
이름력'의 실현이니까.

✓ 어떻게 그렇게 책을 많이 읽냐면요

"어떻게 그렇게 책을 많이 읽으세요?"

내 SNS를 보는 사람들이 가장 많이 하는 질문 중 하나다. 보고 듣는 것들을 수시로 기록하는 계정을 운영하며, 자연스럽게 책과 관련된 글을 많이 남기다 보니 책을 굉장히 많이 읽는 사람으로 보아준다. 이런 질문을 들을 때면, 나는 "활자중독이라서 그래요"라고 대답한다. 그럴 때마다 질문한 사람들은 대체로 '역시 그렇군'이라며 수긍하곤 한다. 활자중독이라는 특별한 조건을 들으며, 독서를 하지 못하는 자신에 대한 부채감을 어느 정도 덜었다는 감정이 느껴진다.

하지만 여기서 고백하자면, 사실 나는 활자중독자는

아니다. 한번은 '진짜 활자중독자'라고 불릴 만한 사람을 직접 본 적이 있는데, 그는 길을 가다 발견한 가게의 브로슈어나 전단지의 글도 놓치지 않고 한 줄 한 줄 꼼꼼히 읽어 내려가는 사람이었다. 그에 비하면 나는 활자중독의 근처에도 미치지 못한다.

더 나아가 고백하자면, 사실 책을 좋아하는 사람도 아닌 것 같다. 한국 성인의 연평균 독서량이 4권이라는 통계에 비춰보면, 매달 10권 이상을 읽는 나는 분명 평균 대비 '많이 읽는 편'에 속하긴 한다. 하지만 간혹 "취미는 무엇입니까?"라는 질문이나 이력서에 흔히 기재하는 취미란에도 '독서'를 기재한 적은 한번도 없었다. 학창 시절 의무감에 읽었던 책들을 제외하면, 본격적으로 내 의지를 가지고 책을 읽기 시작한 건 최근 5년 정도다. 취미라고 생각하지도 않는 책을 최근에 어떻게 그렇게 많이 읽을 수 있었을까.

곰곰이 생각해보니, 단순히 책을 좋아하는 사람이라기보다는 '궁금한 것'이 많아서 책을 읽는 사람이라는 표현이 더 정확하다. 그래서 궁금한 것이 생기면 책뿐 아니라 영상, 오디오 강의, 뉴스 아티클 등 다양한 매체를 두루 섭렵한다. 만약 내가 정말 책을 사랑하는 사람이었다면 문학 작품을 가방에 넣고 다니며, 한 줄 한 줄 글귀를 음미하고 즐기는 식으로 읽었을 것이다. 하지만 앞서 얘기한 것처럼, 여유와 유흥을 위해 책을 읽는 경우는 매우 적다.

그래서 내가 찾는 독서의 목적은 대개 '실제 고민을 해결하기 위한 지식 확보'에 있다. 예를 들자면, 얼마 전에는 로봇청소기 설명서를 유심히 읽었다. 설명서가 흥미로웠던 이유는 필력이 뛰어나서가 아니라, 그저 청소기가 고장 났기 때문이다. 문제는 명확했고, 나는 그 해결책을 찾기 위해 집중할 수밖에 없었다. 이것이 내가 책을 찾는 방식이다. 구체적인 문제가 생기면 그 답을 찾기 위해 수단과 방법을 가리지 않는다.

스스로 책을 찾아 읽기 시작한 가장 큰 이유는 '부자가 되고 싶다'는 욕망 때문이었다. 처음에는 블로그와 카페를 뒤적거리며 '부자가 되는 법'을 찾아봤지만, 솔직히 정보가 산만하고 체계적이지 않다는 느낌을 지울 수 없었다. 그러던 중 "궁금한 게 있으면 그 분야의 책 10권을 읽어라. 그럼 시야가 트인다"라는 글귀를 발견했고, 그 즉시 관련 책을 찾아 읽기 시작했다.

처음으로 내 돈을 들여 대량으로 책을 구매했다. 주식, 부동산, 마인드할 것 없이 '부자'에 관해 다루고 있는 책이라면 나름대로 열심히 찾아 읽었다. 아쉽게도 책 10권을 독파했다고 해서 단숨에 부자가 되지는 않았지만, 확실히 책 안에 많은 답이 들어있다는 것을 배웠다. 이 경험 이후부터, 나는 궁금한 문제에 부딪힐 때마다 책부터 찾는 습관이 생겼다.

독서를 해야겠다고 마음먹은 사람들에게 늘 해주는 말이 있다. 독서의 본질은 '책을 읽는 행위' 그 자체가 아니다. 책은 하나의 도구일 뿐이고, 본질적으로는 '왜 읽어야 하는가?', '무엇을 알고 싶은가?'라는 질문에 답하는 과정이라고 생각한다. 그 답이 명확할 때, 비로소 책은 나에게 필요한 해결책이 된다.

유튜브를 보든, 팟캐스트를 듣든, 강의를 찾아 듣든, 중요한 건 내가 해결하고 싶은 문제와 호기심이 무엇인지 아는 것이다. 특히 요즘처럼 정보가 넘쳐나는 시대에는 책이 최고의 수단이 아닐 수도 있다. 전문가 중 일부는 이미 "책 출판 과정은 생각보다 오래 걸리므로, 최신 정보는 유튜브 등 온라인 매체가 훨씬 빠르게 전해준다"라는 점을 지적하기도 했다. 책 《시대예보: 호명사회》의 저자이신 송길영 작가님도 한 인터뷰에서 이제 지식을 얻는 방법은 다양해졌다고 말한 바 있다. 유튜브 재생목록만으로도 책 한 권 이상의 정보를 얻을 수 있는 세상이라고 말이다.

실제로 2022년 서울기술연구원에서 서울 시민을 대상으로 한 설문조사에 따르면, 10대의 약 20%가 '유튜브를 통한 정보 습득도 독서'라고 여긴다는 결과가 나왔다고 한다. 이런 흐름을 보면, 우리가 정보를 '글'로만 소비하는 시대는 이미 지나고 있는지도 모른다. 물론 그렇다고 해서 책 읽기가 의미 없다는 말은 결코 아니다. 단지 나처럼 "왜 책을 읽는가?"라는 질문을 명확히 한 채로 접근해야, 비로소 목표 달성에 있어 독서가 큰 힘이 될 수 있다는 말을 하고 싶었다. 목적 없이 '책 좀 읽어야지'라고 다짐하는 것은, 목적지 없이 그냥 걷겠다는 말과 다르지 않다. 목적지가 불분명하다면, 어느 순간부터는 길을 잃기 쉽고, 그렇게 방향 감각을 잃은 채 움직이며, 왜 걸어야 하는지 모르는 순간이 와서 그만두게 된다.

나는 앞으로도 끊임없이 질문을 던지고, 그 답을 찾기 위한 과정으로 독서를 계속할 예정이다. 하지만 그 답이 항상 책 속에만 있지 않다는 믿음도 유지할 것이다. 때로는 드라마가 나에게 영감을 줄 수도 있고, 다큐멘터리나 웹툰에서 답을 얻을 수도 있으며, 누군가와의 긴 대화에서 힌트를 얻을 수도 있다. 중요한 것은 그때그때 내가 '무엇'을 궁금해하는지, 그리고 그 질문에 대응하는 '최적의 수단'이 무엇인지를 명확히 하는 일이다.

앞으로는 SNS에서 "어떻게 그렇게 책을 많이 읽으세요?"라는 질문을 받게 되면, "책이라기보다는, 저는 문제를 해결하기 위해 정보나 지식을 끊임없이 찾을 뿐이에요"라고 대답해야겠다.

✓ 우리에게는 여백이 필요하다

아내와 서울 잠실에 있는 쇼핑몰의 지하 푸드 코트에서 식사를 하고 있는데, 이상하게 마음이 편치 않았다. 등 바로 뒤에 서 있는 사람들의 말소리 때문에 계속 어깨가 움츠러들었기 때문이다. 의자를 조금이라도 뒤로 젖히면 부딪힐 것만 같은 가까운 거리에 딱 붙어서 제발 빨리 비켜달라는 느낌을 풍기는 사람들이 바글바글 서 있었다. 그 푸드 코트는 가벽 없이 수많은 사람이 지나다니는 길목 한복판에 덩그러니 앉아 밥을 먹는 곳이었다. 그러다 보니 자리가 나길 기다리는 사람은 물론, 스쳐 지나가는 사람까지 서로 섞여 있었다. 공간이 좁아 밥을 먹고 있는 나와의 거리가 채 1미터도 되지 않았다. 자연스레 음식을 씹는 속도가 빨라졌다. 마치 타이머가 돌아가는 시험장의 수험생처럼 서둘러 음식을 씹어 삼켰다.

기분을 풀려고 했던 외출이었는데, 집에 돌아오니 녹초가 되었다. 쉰다는 핑계로 침대에 누워 SNS를 보고 있다가 문득 평소의 나도 유동 인구가 많은 통로 한복판에서 밥을 먹는 사람처럼, 충분한 여유 공간 없이 빽빽한 세상을 살고 있는지도 모른다는 생각이 들었다. 캘린더는 매일 쌓이는 블록처럼 알차게 쌓여 있고, 출퇴근 지하철에선 옆 사람의 숨소리까지 들릴 정도로 바짝 붙어 이동한다. 가장 편안해야 할 침대에 누워서도 지금처럼 SNS를 통해 끊임없이 남들의 삶이 내 옆자리까지 흘러들어오게 두고 있으니 말이다.

인상 깊게 읽었던 책 《여백 사고》의 한 구절이 생각났다.

> 좋은 사람이라도 지나치게 가까우면 불편해진다. 즐거운 일이라도 계속 반복하면 피곤해진다. '싫다', '괴롭다', '피곤하다'라고 느끼는 이유는 여백이 부족한 탓일지도 모른다.
>
> **- 야마자키 세이타로, 《여백 사고》**

여백이라는 것은 단순한 공간만을 의미하는 것은 아니다. 마치 우리의 마음을 위한 중요한 '쉼터'와도 같다. 그 쉼터가 있어야만 우리는 자기 자신을 되돌아보고, 재정비할 수 있다. 마치 집 앞에 작은 마당이 있으면 그곳에서 햇빛을 받으며 쉴 수 있는 것처럼, 마음에도 그런 공간이 필요하다. 만약 삶에 여백이 없다면, 우리는 끊임없이 스트레스 속에서 살아가게 될 테고, 그 안에서 숨 쉴 틈을 찾지 못한 채 결국 고갈될 수밖에 없다. 빈틈 하나 없이 쉽게 나의 공간을 넘어오는 사람들이 많아지도록 그냥 둔다면, 세상 속에서 '나'의 마음을 잘 지키기란 너무나도 어려운 일이다.

그래서 요즘은 약속들 사이에 일부러 30분 정도의 공백을 둔다. 캘린더가 빽빽한 일정 사이로 잠시나마 나를 돌아보고 주변을 느낄 여유를 갖고 싶어서다. 캘린더가 비어있다고 무조건 약속을 잡지도 않는다. 관계에서도 마찬가지다. 누군가의 부정적인 감정, 혹은 비판적인 사고가 나에게 흘러들어오지 않도록 거리를 두는 습관도 들이기 시작했다.

글자와 글자 사이에 '띄어쓰기'가 있어야 문장이 잘 읽히듯, 일정과 일정 사이에도 약간의 틈이 있어야 하루하루가 더욱 선명해지는 기분이다. 마찬가지로 사람과 사람 사이에도 적당한 거리가 있어야 편안하고, 시간과 시간 사이에도 작은 휴식이 필요하다. 그 얼마간의 여백이 있을 때, 우리는 비로소 온전한 나 자신으로 살아갈 수 있다. 그리고 그것이 진짜 '나'로 존재하기 위한 가장 기본적인 조건이 아닐까.

오늘도 여백을 한번 만들어보자. 조금 더 느리게 걷고, 좋지 않은 이야기는 끊어 내려 해보고, 내 공간에서는 나 자신과 대화하는 시간을 가져보는 식으로.

✓ 취향은 그저 나의 선택

"전 취향이 없어요"라는 말을 꽤 오랫동안 방패처럼 들고 살았다. 특별할 것 없는 음악 플레이리스트, 대중적인 음식 선호도, 그저 남들이 하는 대로 따라가는 선택들. 그것들은 내게 취향이라기보다는 그저 주어진 환경 속에서 해야 할 것을 하는 것이 대부분이었다.

대학 시절부터 나는 남들처럼 무언가를 좋아한다고 밖으로 드러내는 일이 드물었다. 그저 주변에서 얻을 수 있는 경우의 수에서 고르는 것 외에는 별다른 선택지가 없었기 때문에 특별히 취향을 개발할 기회도, 필요성도 못 느꼈다. 재정 형편이 썩 좋지 않았던 나는 가장 적은 돈으로 할 수 있는 활동, 가장 아끼면서 먹을 수 있는 음식만을 골랐다. 아쉽게도 이 세상은 쓸 수 있는 돈의 그릇이 작아지면 선택할 수 있는 것도 줄어든다. 그러다 보니 취향을 언급할 새도 없이 나의 경험은 이미 좁혀진 채로 긴 시간을 지나왔다. 그래서 스스로를 항상 무미건조한 사람으로 규정하고, 변명처럼 "취향이 없다"고 말했던 것 같다.

학생 때는 큰 문제가 되지 않았던 이 '취향'이라는 단어가 광고 일을 택하니 조금씩 나를 괴롭히기 시작했다. 광고회사는 크리에이티브를 주로 추구하는 회사다 보니 그만큼 개성이 강하고 개인의 취향도 다양한 사람들이 많다. 조금 더 다른 생각, 다른 경험을 토대로 쌓은 취향이야말로 크리에이티브한 일을 하는 사람으로서 훈장과도 같은 분위기이기도 했다.

각자가 가지고 있는 취향이 실제로 다양한 결과물로 발휘되는 모습도 심심치 않게 볼 수 있었다. 서핑을 좋아해 주말마다 서핑을 하러 가는 서핑 마니아는 바다를 살릴 수 있는 프로젝트의 아이디어를 내기도 하고, 미술관을 좋아하는 사람은 신진 미술 작가와의 멋진 협업을 제안한다. 취향이 없다고 생각했던 나의 입장에서는 별다를 게 없는 아이디어를 제안하기 바빴다(그 당시에는 별다를 게 없다고 생각했지만, 사실 돌아보면 꽤 괜찮았던 것 같기도). 만약 누군가가 나에게 취향에 관해 묻는다면, 그럴싸한 핑계를 만들었다. 바쁜 광고회사 직장인의 페르소나 뒤에 숨어 "바쁜데 무슨 취향입니까, 껄껄"이라며 너스레로 둘러댔다.

그렇게 무사히 흘러 잘 넘어간 줄 알았던 취향의 부재는 '배달의민족'이라는 서비스의 마케터로서 피할 수 없는 숙제가 되었다. 나와 함께 일하는 동료들이 꽤나 감도가 높은, 개인적 호불호를 명확히 가진 사람들이었기 때문이다. 그들은 인디 밴드의 숨겨진 명곡부터 동네 구석구석 숨은 김밥 맛집과 여행지의 비밀스러운 장소들과 감동적인 소설 구절까지, 자신만의 확고한 취향으로 몇 시간이고 이야기를 이어갈 수 있는 사람들이었다. 특히나 매주 함께 모여 한 주의 TMI(Too Much Information)를 얘기하는 시간에는 동료들의 다채로운 관심사로 가득했다. 새로운 세상의 영감이 넘쳐흐르는 그 자리에서, 뚜렷한 취향 없이 살아온 나는 점점 더 작아졌다. 그리고 예상

했던 것처럼, 이번에도 그 질문이 날아왔다. "한솔 님의 취향은 뭐예요?"

이제는 피할 수 없었다. 돈이라는 핑계도 더 이상 유효하지 않을 연차가 되었고, 시간도 나름대로 할애할 수 있는 환경이었기 때문이다. 다들 바쁘게 살면서도 자신만의 취향을 가꾸고, 경제적으로 빠듯해도 취미를 위해 아낌없이 투자하는 사람들 사이에서, 여유가 생겼음에도 취향이 없다는 사실은 더욱 부끄러운 일이 되어버렸다.

그래서 이른바 '취향'이라 불리는 것들을 하나씩 공부하기 시작했다. 인디 밴드의 음악을 찾아 듣고, 문학 작품을 정독하고, 유명 감독의 영화들을 섭렵해보려 했다. 하지만 이는 마치 타인의 옷을 입어보는 것처럼 어색하기만 했다. 애초에 가슴 한편을 울릴 만한 진정한 관심이 없었기 때문이다.

결국 나는 제자리로 돌아왔다. 취향이 없다고 주장하는, 나의 가장 솔직한 모습일지도 모를 그 자리로.

그러던 어느 날이었다. 집에서 가볍게 마실 와인을

고르러 와인매장에 갔을 때 아내에게 나도 모르는 새 내가 먹어보고 좋았던 와인에 대해서 얘기했던 모양이다.

"그래도 이젠 어떤 것을 좋아하는지 말할 수 있네."

그런 나를 보며 아내가 웃으며 말했다. 어, 그러네? 어느덧 나도 내가 어떤 것을 좋아하는지 인식할 수 있는 사람이 되었구나. 이게 취향인가? 이런 것을 취향이라고 할 수 있는 건가.

문득 깨달았다. 취향이란 꼭 특별한 것일 필요가 없다는 것을. 음원 차트 상위권의 음악을 랜덤 재생으로 즐겨 듣는 것도, 숏폼에 나오는 노래를 따라 부르는 것도, 그것이 내가 좋아하는 것이라면 그게 바로 나의 취향인 것이다. 취향이란 게 참 묘하다. 우리는 종종 '특별한 것'만이 취향인 것처럼 착각하곤 한다. 희귀한 음반을 수집하거나, 오지의 카페를 찾아다니거나, 남들은 모르는 예술가의 작품을 사랑하는 것. 하지만 어쩌면 취향이란 그저 '나다움'의 다른 이름은 아닐까? 내가 좋아하는 것을 선택하고 싫어하는 것을 하지 않을 힘.

마치 지문처럼, 취향은 우리 각자의 고유한 무늬와

같다. 그것이 대중적이든 독특하든, 화려하든 소박하든 상관없다. 중요한 것은 그것이 진정 내가 좋아하는 것인지, 내가 선택한 것인지에 달려있다.

오늘도 나는 작은 선택들을 한다. 물 위에 떠 있는 것보다는 물 아래에서 물고기를 바라보는 것이 좋고, 레드 와인보다는 살짝 미네랄 향이 도는 화이트 와인이 좋다. 심플한 가죽 표지에 만년필로 썼을 때 잉크가 번지지 않는 노트와 조용한 키보드보다는 딸깍거리면서 요란한 존재감을 뽐내는 키보드를 쓰는 게 글을 쓰는 데 훨씬 도움이 된다. 살짝 번지는 젤 타입의 볼펜보다는 사각거리고 심이 얇은 잉크 형태의 볼펜이 좋고, 치킨은 순살, 된장찌개보다는 김치찌개, 물냉면보다는 비빔냉면을 좋아한다. 특히 평양냉면을 좋아한다.

이제는 꽤 자신 있게 얘기할 수 있다. “이런 게 바로 나의 취향이에요!” 그리고 덧붙인다. “특별하진 않지만 좋아합니다.” 취향은 감도의 깊이가 아니라 나를 위한 선택의 폭이니까.

취향이란 그저 '나다움'의
다른 이름은 아닐까?
내가 좋아하는 것을 선택하고
싫어하는 것을 하지 않을 힘.

✓ 오늘 뭐 했지?

“뭐 했다고 벌써 연말이야?!!”

한 해가 끝날 때쯤 습관처럼 내뱉는 말이다. 해변 모래 위에 손가락으로 꾹꾹 눌러쓴 편지가 파도에 쓸려 금세 지워지듯, 우리는 시간을 쉽게 흘려보내곤 한다. 특히 나처럼 MBTI가 ‘P 유형’의 극단에 가까운 사람들은 계획을 세우거나 지난 시간을 돌아보는 일이 유난히 더 어렵다.

그러다 보니 매해 연말이 되면, 내가 1년 동안 무엇을 했는지 돌아보는 게 쉽지가 않았다. 특히 하루에 18시간씩 회사에만 머물렀던 시절의 기억은 지금 돌아보면 거의 남는 게 없다. 클라이언트 오피스와 회사 사무실을 오가고, 한남대교를 질주하는 택시 창밖 야경을 바라보았던 것, 밤샘 작업과 경쟁 PT에서 패배했을 때의 아쉬움, 당했던 갑질 같은 감정들이 선명하지 않고 흐릿한 잔상으로만 맴돌 뿐이다. 그저 남은 것은 '아, 그때 힘들었지' 하며, 그 시절 친구들과 맥주 한잔에 추억팔이를 할 수 있을 정도랄까.

30대 중반을 넘어서면서 문득 두려워졌다. 이렇게 하루하루가 무의미하게 흘러가는 걸 너무 가볍게 여기고 있던 건 아닐까? 20대와 30대도 순식간에 지나갔는데, 40대와 50대는 얼마나 더 빨리 지나갈까? 30대는 시속 30km, 40대는 시속 40km로 달린다는 우스갯소리가 이제는 실감 나기 시작했다.

일 때문에 뇌과학과 행동경제학을 공부하다가 이와 관련한 흥미로운 사실을 알게 됐다. 우리가 지난 시간을 선명하게 떠올리지 못하는 이유는 바로 뇌의 문제 때문이다. 우리의 뇌가 "이건 굳이 기억할 필요 없어"라고 판단하기 때문이다. 신체 크기의 2%에 불과한 뇌가 전체 에너지의 20%나 소모하니, 최대한 에너지를 아끼기 위해 '반복되는 정보'는 애써 저장하지 않는다는 것이다. 인간에게 '망각의 동물'이라는 별명이 괜히 생긴 게 아니었다.

이 사실을 알고 나서 "어떻게 하면 내 시간을 선명하게 붙잡을 수 있을까?"에 대한 실마리를 얻었다. 이것을 활용해 나는 세 가지 습관을 실천하고 있다.

첫째, 매일 사소한 새로움을 만든다. '어제와 같은 오늘'은 뇌가 기억하지 않는다는 점에 주목했다. 처음에는 이 '새로움'이라는 단어가 부담스러울 수 있다. 마치 매일 위대한 도전을 해야 할 것 같은 압박감이 들기 때문이다. 하지만 우리가 해야 하는 새로움은 거창한 게 아니다.

그 시작으로 출근길에 가보지 않은 길로 걸어가 본다. 대로변으로만 걷기 시작했다면 굳이 빌딩 숲 뒷길로 걸어가 보는 식이다. 또 점심시간에는 늘 가던 식당 대신 한 블록 건너의 작은 가게를 찾는다. 퇴근길에는 평소와 다른 장르의 음악을 듣는다. 4세대 아이돌의 신나는 음악만 듣다가 태어나서 처음 들어보는 가수의 노래를 들으면 발걸음의 리듬이 달라진다. 그렇게 하나둘 쌓인 작은 새로움이 하루를 특별하게 만든다.

장기적으로는 새로운 취미도 시도해보기로 했다. 완

벽하게 하려 들지 않는 것이 가장 중요한 조건이다. 그보다 더 중요한 건 처음 해보는 것이다. 그 서투름 자체가 하나의 새로운 경험이 되었으니까.

둘째, 일상을 기록한다. 과거에는 "대단한 일이나 성취만 기록할 가치가 있지 않을까?"라고 생각한 적도 있다. 하지만 평범한 일상도 기록하는 것 자체가 굉장히 중요하다는 것을 알게 되었다. 기록학자 김익한 교수님은 '흘러간 과거의 시간을 현재에 착 달라붙도록 하기 위해서는' 사소한 일상도 기록하는 것이 중요하다고 강조했다. 평범한 일상을 기록하면 보통은 그냥 소모되어 날아가 버리는 시간을 현재에 고이 붙잡아 둘 수 있게 된다.

방식은 어렵지 않다. 2시간마다 한 줄씩, 지난 2시간을 메모한다. "오전 10시, 회의 중 동료의 아이디어에 감탄", "오후 1시, 식당 메뉴판의 친절함이 매우 인상적" 같은 식이다. 때로는 감정을, 때로는 순간의 날씨를, 때로는 스쳐 지나간 대화 한마디를 적는다. 더 중요한 것은 하루가 끝나기 전, 그날의 기록을 통해 짧게나마 하루를 돌아보는 시간을 갖는 것이다. 이 과정이야말로 과거를 현재에 최대한 밀착시키는 작업이다. 놀랍게도 이 작은 습관이 하루를 더 선명하게 만든다. 기록하는 순간마다 그 시간을 더 의식하게 되고, 결과적으로 더 깊이 있게 현재를 경험하게 만든다.

셋째, 하루에 한번은 내가 주도하는 행동을 한다. 이것은 단순히 '새로운 경험'을 시도하는 것과는 조금 다르다. 회사나 타인이 정해둔 일정을 따라가는 '해야만 하는 시간'이 아닌, 오직 내 의도대로 움직이는 시간을 만들어내는 것이다. 책 《메이크 타임》에서는 이런 시간을 '하이라이트'라고 표현했다.

> 하이라이트라는 것은 우선으로 처리하고 일정표에서 가장 최우선으로 둘 것을 설정하는 것이다. 매우 중요한 일일 수도 있고, 오늘 하루 정원가꾸기, 아이와 놀아주기와 같은 일상적인 일일 수도 있지만 무엇이든 중요하지 않다.
>
> 내가 오늘 반드시 내 자신의 삶을 가치있게 만들겠다라고 생각하는 일을 하나를 설정해서 실행하는 것이 중요하다.
>
> **- 제이크 냅, 존 제라츠키, 《메이크 타임》**

'하이라이트'는 아침 일찍 일어나 갖는 혼자만의 커피 타임일 수도 있고, 퇴근 후 짧게라도 관심 있던 팝업스토어에 가는 일일 수도 있다. 혹은 주말 아침에 궁금해서 찾아간 전시회가 될 수도 있고, 아내와 집중하고 클리어한 게임이 될 수도 있다. 중요한 건 "이건 내가 선택했다"는 마음가짐이다.

아무래도 나와 같은 직장인들은 회사나 외부 일정에 맞춰 정신없이 하루를 보낼 때가 많다. 그런 날은 집에 돌아와 "오늘 뭘 했더라?" 하고 떠올려 봐도 딱히 기억에 남는 순간이 없다. 하지만 단 몇 분이라도 내가 주도적으로 선택한 시간이 있다면, 그 부분만큼은 훨씬 또렷하게 남는다. 우리가 열정을 느끼지 않는 일상은 결국 뇌 속에서 쉽게 사라질 테니까. 남을 위해 쳇바퀴 돌듯 살아가다 보면, 그 시간은 결국 아무도 기억하지 못할 테니까.

이런 작은 실천들이 모여 조금씩 변화가 생기고 있다. 새로움을 찾는 눈이 생겼고, 순간을 기록하는 습관이 자리 잡았으며, 하루 중 작은 선택의 순간들이 특별해졌다.

무엇보다 시간을 더 의식하게 되었다. 흘러가는 대로 두는 것이 아니라, 적극적으로 내 것으로 만들어가는 법을 배우고 있다. "설레지 않으면 버려라"라고 했던 청소 전문가 곤도 마리에처럼 우리의 뇌가 설레지 않는 것을 버리기 시작했다면, 새로운 설렘을 만들어주자.

이제 시간은 그저 흘러가지 않는다. 각각의 순간들이 조금 더 선명해졌고, 하루하루가 조금 더 내 것이 되어가고 있다. 앞으로는 연말에 "올해는 뭐 했지?"라는 질문을 받더라도, 이제는 자신 있게 답할 수 있을 것 같다. 잘 잡아서 모아둔 시간 덕분에.

✓ 내일의 나와 친하게 지내자

현재의 나는 미래의 나보다 대체로 힘이 셉니다.

- 변지영, 《미래의 나를 구하러 갑니다》

내가 아주 꾸준히 괴롭히고 있는 존재가 하나 있다. 다름 아닌 '내일의 나'다. 어렸을 때부터 꾸준히 괴롭히다 보니, 이제는 그 녀석을 괴롭히는 데에 도가 트였다. 늘 시험공부는 내일의 나에게 맡기고 오늘의 나를 재웠고, 밤샘 업무는 내일의 나에게 떠넘기며 오늘은 일찍 퇴근했다. 마치 내일의 나는 전혀 다른 사람인 것처럼. 심지어 야근이 예상되는 프로젝트를 앞두고도 '다음 주의 나'는 어떻게든 버티겠지 하며 새로운 스케줄을 받아들였다. 언제나 나에게 중요한 것은 오늘의 나였다. 뭐 당연할 수밖에. 오늘의 나를 제일 소중하게 대하는 것이 당연한 이치니까.

최근에 본 한 TV 프로그램에 인상적인 내용이 나왔다. 재테크 전문가에게 한 연예인이 투자 상담을 받는 내용이었다. 재테크 전문가가 물었다.

"만약 수익이 딱 통장에 들어왔다. 그럼 그거 누구 돈입니까?"

그러자 그 연예인은 "제 돈이죠"라고 답했다.

이어지는 전문가의 말.

"아니에요. 지금 버는 돈은 오늘의 당신, 그리고 5년 후의 당신, 10년 후의 당신, 50대의 당신과 나눠 쓰는 돈입니다. 지금의 소득은 미래의 당신과 나눠 써야 되는 돈이에요. 그러니까 지금의 소득은 공금인 거예요."

이 말이 참 마음에 와닿았다. '내일의 나'를 소중하게 대하지 않는 '오늘의 나'에게 던지는 말 같아서. 그리고 이쯤 되니 궁금했다. 대체 오늘의 나는 왜 내일의 나에게 모든 죄를 덮어씌우기만 하는 걸까? 오늘 밤은 나를 위해서 치킨을 먹어 놓고는 내일의 나는 천국의 계단을 40분 넘게 타도록 고생시키는 마음, 오늘 내가 갖고 싶은 스마트폰을 구매하기 위해 세 달 뒤에 내가 돈을 갚게 만드는 그 마음은 대체 어디서 왜 생기는 걸까?

책 《미래의 나를 구하러 갑니다》에 따르면, 우리가 미래의 나를 위한 좋은 선택을 하기 어려운 이유는 "미래의 나를 내가 아닌 타인처럼 인식하기 때문"이라고 한다. 놀랍지 않은가? 지금 몸에 안 좋은 것을 먹어서 내가 건강이 나빠진다 해도 신경 쓰지 않는 건, '내일의 나'를 타인처럼 여기기 때문이라니. 더 충격적인 건, 한 연구에 따르면 사람은 미래의 자신을 상상할 때 '내'가 아닌 '관찰자'의 시점으로 바라본다는 점이다. 멀찌감치 그러려니 하고 서서 정말 남처럼 생각하는 것이다. 오죽하면 이름도 모르는 이웃집 아줌마와 같은 수준으로 취급한다는 우스갯소리가 있을까.

그럼 이렇게 남처럼 생각하는 내일의 나를 아껴줄 수 있는 방법은 없을까? 역시나 같은 책에서 힌트를 얻을 수 있었다.

미래가 따로 있는 것이 아닙니다. 우리 안의 일부는
이미 미래에 살고 있으니까요. 과거의 자아와
미래의 자아들은 지금의 나를 위해 존재합니다.
미래는 지금입니다. 지금 생각하는 대로 미래가 예측되고,
지금 실행하는 것이 미래가 될 테니까요.
지금 무엇을 보는가에 따라 미래가 달라진다면
무엇을 보시겠습니까? 하루하루는 기회입니다.

- 변지영, 《미래의 나를 구하러 갑니다》

결국 지금의 내가 제대로 사는 것이 미래의 나를 챙겨주는 유일한 방법이다. 미래의 내가 되고 싶은 모습, 그것을 만들 수 있는 것은 너무 당연하게도 지금의 나다. 미래의 나를 더욱 멋진 존재로 만들 사람도, 더욱 비참한 존재로 만들 사람도 바로 지금의 나다. 치킨을 먹느냐 마느냐의 선택이, 할부로 물건을 사느냐 마느냐의 결정이, 야근을 하느냐 마느냐의 판단이, 모두 미래의 나를 만드는 재료가 된다. 더 나은 미래의 나를 만들 수 있는 사람도, 더 힘든 미래의 나를 만들 사람도 바로 지금의 내가 아닐까. 건강한 몸을 선물할 수도, 질병의 씨앗을 심을 수도

있는 것은 오늘의 내가 하는 선택에서 비롯된다.

그래서 요즘엔 무언가를 결정할 때 "미래의 내가 이 선택을 어떻게 생각할까?"를 먼저 떠올려 본다. 물론 쉽지는 않다. 하지만 작은 변화들이 쌓이다 보면, 미래의 나는 분명 지금과는 다른 모습일 것이라는 믿음이 생겼다.

내일의 나에게 짐을 떠넘기는 대신, 내일의 나를 위해 무언가를 해주는 사람이 되어 보자. 하루하루가 내일의 나를 챙길 수 있는 기회니까. 미래의 나를 위한 작은 선물을 하나씩 준비해보려 한다. 건강한 저녁 식사 한 끼, 저축해 둔 여분의 돈, 충분한 수면 시간.

내일의 나는 오늘의 나에게 복수하거나 보답하거나, 둘 중 하나밖에 없다. 복수의 대상이 될 것인가, 보답의 대상이 될 것인가. 선택은 나의 몫이다.

✓ 이름의 의미

"어이, 춘근이!"

아내는 종종 나를 놀릴 때면 이렇게 부른다. 렌즈가 두꺼워 눈이 작아 보이는 안경을 쓰거나 사회화되지 않은 프리한 모습으로 집에 있을 때면 어김없이 "위춘근"이라고 부른다. 사실 이 '춘근'이라는 이름은 내가 '될 뻔했던' 또 다른 나의 이름이다. 정제된 '위한솔'의 모습과 조금이라도 다른 분위기가 풍기면 아내는 곧잘 '위춘근'이라는 이름으로 부르며 깔깔 웃는다.

이 별명의 시작을 거슬러 올라가면, 1988년 내가 태어났던 해로 돌아간다. 그 시절은 아들이 귀하던 때라, 손녀만 계속 태어나던 집안에 드디어 손자가 태어나자 할아버지는 기쁨을 감추지 못하셨다고 한다. 그 행복을 이름에 담고 싶으셨는지, 철학원까지 직접 찾아가 큰돈을 들여 받은 이름이 바로 '위춘근'이었다. '봄날의 뿌리처럼 세상에 도움이 되는 사람으로 자라라'는 뜻이랄까. 말 속에 담긴 포근함과 단단함에서 할아버지의 인생철학이 고스란히 느껴진다.

지금이야 귀엽다며 웃지만, 그 시절 어머니는 그 이름이 마음에 들지 않았던 모양이다. 결국 할아버지 몰래 출생신고 서류에 '한솔'이라는 이름을 올렸다. 어머니가 당시 유명했던 국어학자를 수소문해 찾아가 받은 이름이었다. '큰 소나무'라는 뜻의 순한글로 '큰 소나무처럼 푸르고 우직하게 자라라'는 뜻을 담고 있었다. 그렇게 나는 '춘근'이 아닌 '한솔'로 살아가게 되었다.

가만히 생각해보면, 이름이라는 건 참 흥미롭다. 부모가 한자에 온갖 의미를 담아 짓기도 하고, 그냥 소리가 예뻐서 선택하기도 한다. 또 어떤 이들은 SNS나 인터넷에서 화제가 된 예쁜 이름을 그대로 따오기도 한다. 하지만 어떤 방식으로 지어졌든, 사람들은 결국 제각각의 삶을 살아간다.

같은 '민지'라는 이름이더라도 누군가는 의사가 되어 수술실에서 생명을 살리는 일을 하고, 누군가는 광고회사에서 멋진 크리에이티브를 발휘한다. 이름이라는 것은 처음에 주어진 '호칭'일 뿐, 사람마다 다르게 써 내려가는 인생 이야기는 전혀 다른 무게와 색채를 띠게 된다.

브랜드 이름도 마찬가지다. 코코 샤넬, 입생로랑, 페라리……. 이들의 브랜드는 처음엔 창립자의 이름에서 출발했지만, 무수히 많은 노력과 열정이 쌓여 지금의 명품 반열에 올랐다. '구글'이 'Googol'을 잘못 입력한 데서 비롯되었고, '하겐다즈'가 별다른 의미 없이 단지 발음이 근사해 보여서 탄생했다는 건 유명한 일화다. 우연히 만든 이름으로도 최고의 브랜드가 되는 것만 보아도, 이름이 빛나느냐 퇴색되느냐는 그 이름을 지닌 이가 어떤 스토리를 쌓아가느냐에 달려 있다는 것을 알 수 있다.

우리 각자의 이름 역시 이와 다르지 않다. 이름은 우

리 삶의 시작점일 뿐이다. 그것이 어떤 의미를 지니게 될지는 전적으로 우리의 몫이다. 내가 만약 '위춘근'이라는 이름으로 살았다면, 그 이름은 지금과는 또 다른 의미를 가지게 되었을까? 어쩌면 할아버지의 바람대로 '봄날의 뿌리' 같은 사람이 되어 있을지도 모른다. 하지만 '한솔'이라는 이름으로 살아온 지금의 나는, 그 나름의 가치를 만들어가고 있다고 믿는다.

결국 중요한 것은 이름의 음절이나 한자의 뜻이 아니라, 그 이름을 지닌 사람이 만들어가는 삶의 자취다. 태어날 때 받은 이름이 우리의 존재를 전부 규정하는 건 아니며, 그 이름에 진정한 의미를 채워 넣는 일은 시간 속에서 우리가 스스로 이뤄가는 몫이다. 내가 '한솔'이든 '춘근'이든, 혹은 전혀 다른 이름을 달고 있었다고 한들, 내 삶은 여전히 내가 쓰는 것이니까.

내 이름이 무엇이든 결국 그건 내가 만들어가는 거다. 이름은 시작일 뿐, 그 끝은 내가 쓰는 것이니까. 오늘도 나는 내 이름에 새로운 의미를 더해 가고 있다.

결국 중요한 것은
이름의 음절이나
한자의 뜻이 아니라,

그 이름을 지닌 사람이
만들어가는 삶의 자취다.

✓ 19살의 나에게 딱 한마디를 할 수 있다면

"한솔아, 치위생사가 바로 취업해서 돈을 빨리 벌 수 있어. 치위생사 어떠니?"

"철도 관련 과에 가면 관련 업계 취업이 괜찮다는데, 너는 여길 써서 얼른 돈을 버는 게 낫겠다."

고등학생 때, 선생님들과 진로상담을 하고 있노라면, 가정형편이 어려웠던 나에게는 늘 '가장 빠르게 취업해서 돈을 벌 수 있는 길'을 제안해주셨다. 딱히 사고를 치지도 않았지만, 그렇다고 공부를 뛰어나게 잘하지도 않았으면서 성실은 했던 가난한 아이. 선생님들이 조언하고 의무감으로 챙기기 딱 좋은 학생이었다. 그 당시 선생님들의 생각으로는 애매한 4년제 대학에서 학비까지 내가며 가

계에 부담을 줄 바에는 얼른 취업해서 부담을 덜어드리라는 깊은 뜻이었음을 이제는 좀 알 것 같지만, 한때는 매뉴얼과 같은 답변을 주시는 것 같아 많이 서운했던 기억이 난다.

고등학교 1학년 시기만 해도 안정적인 선생님이 될 수 있는 교대와 사범대를 추천받았다. 하지만 정말 귀신같이 고등학교 2학년이 되니, 공무원과 안정적인 직장의 열풍이 불면서 교대와 사범대가 소위 말하는 SKY대학의 커트라인과 비슷한 수준까지 올라갔다.

그 정도 성적까지는 달성하지 못했던지라, 어느 순간부터 나의 진학 상담의 목표는 그 당시 취업이 잘된다고 알려졌던 전문대학 혹은 기술을 얻을 수 있는 전공으로 좁혀졌다.

"PD나 광고를 만드는 사람이 되고 싶어요."

조심스레 꺼낸 이야기에 돌아온 대답은 차가웠다.

"명문대가 아니면 그런 직업은 취업하기 어려워."

호기롭게 선생님의 말을 거스르고 나름 수시로라도

승부를 보겠다며 서울 시내 주요 대학의 신문방송학과, 국어국문학과, 광고홍보학과 같은 곳에 지원했지만, 모두 떨어졌다. 한 곳 한 곳 지원할 때마다 비싼 지원료가 너무 아까워서 눈물이 날 지경이었다. 수능이 가까워질수록 수시 지원 비용에도 부담을 느끼는데, 대학교 등록금을 생각하니 막막함이 밀려왔다. 그러다 보니 어느 순간 선생님들의 조언을 등불 삼아 등록금이 저렴하면서도 취업이 잘된다는 대학으로 방향을 틀 수밖에 없었다.

이 와중에 나의 구원자가 되어 준 두 사람이 있다. 한 사람은 어머니셨다. 그 당시에 기독교 대학으로 막 유명해진 학교 한 곳만을 간절하게 바라며 매일 교회로 새벽기도를 나가셨다. 그 마음에 보답하고자 해당 학교에 지원서를 내고 싶다고 선생님께 얘기했다. 하지만 워낙 지방에 있고 당시는 인지도가 없는 학교라 대부분의 선생님들은 "그 학교에 가는 것보다는 기술을 배우는 것이 합리적인 선택이다"라는 주장으로 나를 설득했다. 그때 나타난 두 번째 구원자가 국어 선생님이었다. 어머니가 간절히 바라던 그 학교를 가고 싶다는 말을 담임 선생님과 나누다가 교실로 돌아가는데, 국어 선생님이 조용히 나를 불러서 그 학교에 지원할 수 있게 도움을 주었다. 특히 국어 선생님은 그곳이라면 내 꿈을 실현할 수 있을 거라 믿어주셨고, 추천사까지 써주셨다. 덕분에 나는 그 학교에 입학할 수 있었다. 만약 구원자가 없었다면, 나는 지금쯤 다른 기술을 익혀 전혀 다른 일을 하고 있었을지도 모른다. 물론 다른 삶을 살아갔을 나도 의미 있었겠지만, 지금처럼 어느 선생님의 추천 직업 목록에도 없던 '브랜드 마케터'라는 직업을 가지고 이 글을 쓰지는 못했을 것이다.

어느 날, '오키로북스'라는 서점의 SNS에 이런 질문이 올라왔다.

"19살의 나에게 딱 한마디를 할 수 있다면, 무슨 말을 해주실래요?"

나는 이렇게 전하고 싶다.

"집이 가난하다고 당장의 돈벌이를 위해 꿈을 제한하지 마. 그리고 학교 선생님들이 정의하는 직업의 틀을 깨. 세상은 생각보다 넓어."

지금 나는 그 당시 그 어떤 어른도 추천하지 않았던 일을 하고 있다. 앞으로도 세상은 계속해서 새로운 직업을 만들어낼 것이고, 19살 시절에는 모르던 어떠한 일을 만나게 될지 모른다. 필요한 건, 그저 조금 더 넓은 시야, 그리고 자신을 믿는 용기뿐이다.

어쩌면 지금도 어디엔가 누군가는 경제적인 이유로 자신의 꿈을 접고 있을지 모르겠다. 19살의 누군가에게 이렇게 말하고 싶다. 세상에는 우리가 모르는 수많은 직업이 있다고. 당장 현실이 힘들다고 해서 미래까지 제한할 필요는 없다고. 19살의 나에게 해주고 싶었던 저 얘기를 꼭 나눠주고 싶다. 너무 꼰대 같지는 않게.

✓ 나다운 게 뭔데?

인상 깊은 광고를 하나 보았다. “나다운 삶을 사는 것”이 중요하다는 메시지를 담은 광고였다. 세상에서는 특정 세대를 ‘MZ’라는 이름으로 쉽게 묶어서 정의를 내리곤 하는데, 세대로 묶지 말고 개인의 고유함에 집중해 달라는 내용의 메시지였다. 매우 마음에 드는 광고였다. 그 광고를 보고 나니 문득 궁금해졌다. 스스로도 “나다운 걸 찾겠어!”라고 많이 외치며 살아왔건만, 과연 ‘나다움’이란 뭘까? 브랜딩과 관련한 일을 하다 보면 가장 많이 쓰는 단어가 ‘다움’인데 브랜드의 다움에 대해서는 많이 생각하면서 정작 ‘나다움’이라는 말에 대해서는 깊이 있게 생각해본 적이 없는 것 같다.

우리 부모님 세대는 졸업 후 안정적인 직장을 잡고, 집을 마련하고, 가정을 이루는 것처럼 정해진 루트가 있었다. 하지만 요즘은 그 전통적 가치가 희미해지고, 이제는 "네가 원하는 대로 선택하라"는 세상이 되었다. 그러다 보니 요즘 시대를 한창 살아가는 우리는 "내가 원하는 삶은 무엇인가"를 끊임없이 고민하는 환경에 던져지게 되었고, 자연스럽게 '나다운 것'에 관심을 가지게 됐다. 하지만 여전히 타인의 시선을 의식하는 경향도 완전히 끊어내지 못한 어중간한 시대이다. "너의 무언가를 찾아야 한다"는 사회적 분위기에 압박받으면서도, 정작 그 무언가를 스스로 찾지 못하고 남들의 눈치와 의견 속을 헤매고 있다.

나 역시 3년 차쯤 되었을 때, 내가 하고 있는 일이 정말 나다운 직업일까에 대한 깊은 고민에 빠진 적이 있었다. 광고 대행사 직원으로 살아가는 길이 과연 '진짜 나'를 표현하는 길인지 확신이 서지 않았다. 함께 일하던 누군가는 소설가가 되겠다며 회사를 떠났고, 누군가는 세계 일주를 하겠다며 떠나갔으며, 또 다른 누군가는 더 깊은 공부를 위해 유학길에 올랐다. 그런 모습을 보며 그들이 하염없이 부러웠다. 그리고 마치 전형적인 직장인의 삶을 유지하고 있는 나만이 '나다움'을 찾지 못하고 주저앉아 있는 사회 순응자가 된 것은 아닌지 걱정이 되기도 했었다. 그러던 어느 날, 어느 한 북카페에서 아무 생각 없이 집어 들었던 책 속 문장이 내 생각의 전환점이 되어 주었다. 거기엔 이런 구절이 있었다.

"당신이 찾는 진정한 자아는 이미 존재하는 것이 아니라, 만들어가는 것이다."

그 순간 깨달았다. 내가 찾으려는 진짜 나는, 어쩌면 애초부터 완성된 채로 어딘가에 숨겨져 있는 게 아닐 수도 있겠다는 것을. 그저 내가 깎아나가는 것이 나다움을 찾는 길이라는 것을 말이다.

내가 했던 고민처럼 "지금 나답게 살고 있는가?"라고 던지는 질문 속에는 "어딘가에 분명 내 진짜 모습이 존재한다"는 전제가 숨어 있는 듯하다. 혹여 '나답지 않다면'

이 길을 계속 가도 되는지 알 수 없어 혼란스럽기도 하다.

어떤 사람은 이미 '완성된 내'가 어딘가에서 나를 기다리고 있다고 생각하지만, 사실은 다양한 경험을 해 보고 시행착오를 거치는 사이에 서서히 나의 정체성을 쌓아갈 수 있는 것은 아닐까? 막상 해보니 의외로 나답지 않다고 생각했던 곳에서 재미있는 일이 많다는 걸 발견하게 될 수도 있다. 이렇게 우연과 시도가 더해지면서 비로소 '나다움'이라는 게 조금씩 형성된다.

때론 사회가 요구하는 형태의 삶이 숨 막히게 느껴질 때도 있다. 그리고 여전히 대부분은 취업, 결혼, 내 집 마련 등 전통적으로 주어진 길을 따라간다. 그런데 그 길이 내게는 전혀 매력적으로 느껴지지 않을 수 있고, 그래서 사회적 통념에 따르기 싫어서라도 그에 반하는 길을 "이게 나다운 길이야"라고 크게 선언해 버리고 싶을 수도 있다. 나는 평생 결혼하지 않을 것이라 다짐할 수도 있고, 디지털 노마드로 전 세계를 여행하며 살고 싶다는 다짐을 할 수도 있다. 나다움을 찾겠다며 말이다. 하지만 그 순간에도 "이게 나다"라고 지나치게 못 박으면, 또 다른 가능성을 전혀 탐색하지 못하게 될 수 있다. 결국 지나친 나다움이 위험한 이유는, 이미 정해진 '나'라는 상상에 갇혀 여러 기회를 놓쳐버리도록 만들기 때문이다.

앞으로 내가 어떤 모습이 될지는 나조차도 정확히 모르겠다. 오늘의 나와 내일의 나는 분명 다를 수 있다. 그래서 특정 시점에 "이게 바로 진짜 나"라고 매달리기보다는, 매일 조금씩 변하는 자신을 인정하고 받아들이는 쪽이 유연하다고 생각한다.

돌이켜 보면, 몇 년 전의 나 역시도 지금과 전혀 다른 모습이었다. 지금은 사람들 앞에 서서 강연도 하게 되었고, 친구들과 생일 파티를 열기도 하고, 처음 보는 사람들과 일에 관한 생각을 나누기도 하지만, 과거의 나는 집에서 조용히 혼자 쉼을 가지며 사람들을 만나는 것을 좋아하지 않는 것이 '나다움'이라고 여겼다. 하지만 조금은 열린 마음으로 나답지 않다고 생각했던 것들을 하나둘씩 쌓아가다 보니 예전에는 상상할 수 없었던 내 모습이 만들어졌다. 그래서 앞으로도 "난 원래 이런 사람이야"라고 쉽게 단언할 수가 없다. 내일 나는 또 다른 모습일지도 모르기 때문이다. 어쩌면 그것이야말로 진정한 나다움이 아닐까 생각한다.

결국 나다움이란 고정된 본질이 아니라, 끝없이 변해 가는 스스로를 발견하고 받아들이는 과정인 듯하다. 사회적 틀을 과감히 벗어나는 시도도 중요하지만, 동시에 사회가 바라는 흐름에 몸을 맡겨보는 것도 필요할 수 있다. 예전의 나라면 생각조차 못 했을 일에 도전해 보고, 그 과정에서 낯선 내 모습을 발견하며 조금씩 확장되는 경험을 쌓아가는 것이다.

'오늘의 내가 느끼는 나'를 인정하면서도, 동시에 또 다른 내가 나타날 가능성을 열어 두는 태도. 진짜 '나다움'이라는 것은 어쩌면 '오늘 내가 접하는 모든 순간' 자체를 인정하고 받아들이는 것, 그리고 그렇게 또 내일을 맞이하는 나를 인정해주는 마음가짐에서 나오는 것은 아닐까.

폴더 2.

"담담하게 그리고 단단하게"

✓ 절벽에서 당겨주는 마음

우리는 우리의 생각보다 더 많이, 더 깊게 누군가의 삶에
영향을 미친다. 나의 작은 노력으로도, 작은 칭찬으로도,
등을 쓰다듬는 작은 손길 하나만으로도 우리는 그들의 삶에
우리가 예상한 것보다 더 큰 영향을 미칠 수 있다.

- 서은아, 《응원하는 마음》

글을 쓰고 있는 지금 시점에서, 가장 많이 사용되고 있는 단어 중 하나를 꼽으라면 '나락'일 것 같다. "나락 갔다"라는 표현으로 자주 쓰이는 이 단어는 원래 '지옥'을 뜻하는 불교 용어다. 지옥에 가까운 절망적인 상태를 비유적으로 표현할 때 쓰지만, 요즘에는 유명인뿐만 아니라 일반 사람들에게도 벗어나기 어려운 절망적 상황을 비유

적으로 설명할 때 쓰인다. 신조어라고 하기엔 사용된 지 꽤 된 말이지만, 한 유명 유튜버가 '나락'을 프로그램의 제목으로 사용하면서 더욱 자주 쓰이게 된 듯하다. 이 프로그램은 다양한 사람들을 초대해 그들에게 곤란한 질문을 던지고 답하게 하여, 일종의 '나락'을 간접 경험하도록 하는 방식에서 재미를 찾는다.

그 덕(?)에 불쾌해 보일 수 있는 나락이라는 단어가 조금 가벼워져 버린 탓일까. SNS나 커뮤니티에서 타인의 나락을 오락처럼 즐기는 경우를 심심찮게 본다. 특히 연예인이나 유튜버 같은 특정 개인 혹은 소수를 가혹할 정도로 쉽게 나락으로 보내버린다. 사소한 말실수 하나로 나락, 잘못된 이미지를 사용했다며 나락, 출연한 게스트 때문에 나락, 방문한 장소를 문제 삼아 나락에 빠뜨린다. 물론 실수나 잘못을 저질러 스스로 나락에 빠지는 경우도 있지만, 대중의 과한 반응에 희생양이 되어 나락으로 밀려나는 경우도 적지 않다. 그 과정에서 사람들은 타인의 실패를 즐기고, 때로는 기쁨을 느끼기도 한다. 누군가는 이런 현상을 두고 "도파민이 돈다"고 표현했다. 나 역시 나락 쇼의 주인공이 된 사람의 행동을 지켜보며 분노했던 적이 있어, 마냥 비판하기도 어렵다. 단지 그 과정에서, 누군가의 고통이 타인의 스트레스 해소 수단이 되는 세상이 있다는 걸 자각하게 됐다.

이런 현상을 표현하는 '샤덴프로이데(Schadenfreude)'란 단어가 있다. 심리학 용어이자 독일어로, 타인의 불행에서 기쁨을 느끼는 심리상태라는 뜻을 담고 있다. 우리 안에 숨겨진 어두운 본능을 드러내는 단어인 만큼 그 뜻만으로도 불편한 감정이 밀려온다. 하지만 이게 현실이다. 요즘 우리가 무심코 타인에게 사용하는 '나락'이라는 단어가 바로 이와 맞닿아 있는 것이 아닐까? '나락'이라는 말속에는 그 어두운 심리가 적나라하게 녹아 있는 셈이다.

얼마 전, 지인들과 대화를 나누던 중 한 분이 자신이 겪었던 힘든 시기를 회상하며 '응원'의 중요성에 관해 이야기해 주었다. 정말 바닥을 치고, 소위 나락에 갈 뻔한 순간에, 전혀 예상치 못한 사소한 응원이 얼마나 큰 힘이 되었는지 설명했다. 그리고 지금은 그 응원을 동력 삼아 누구보다도 멋진 사람이 되어 많은 사람에게 영향력을 끼치고 있다. 그 이후로 본인도 누군가가 힘든 상황에 처하거나 세상의 질타를 받고 있을 때, 혹은 지친 사람들에게 먼저 응원의 메시지를 전한다고 했다. 그 사람이 자신을 전혀 모르더라도 말이다. 고통받고 있는 누군가가 자신을 언급한 기사에 달려있는 응원의 댓글 하나를 보게 된다면, 굉장히 큰 힘이 될 수 있다는 믿음 때문이었다.

우리는 모두 언제든 나락에 빠질 수 있는 가능성을 안고 살아간다. 누구나 실수할 수 있고, 잘못을 저지를 수 있다. 이럴 때 필요한 건 질타하며 절벽에서 나락으로 밀어버리는 손이 아니라 절벽 끝에서 떨어지지 않도록 잡아주는 손길이다. 사람들은 종종 타인의 잘못을 확대 해석하며 그들의 실패를 조롱하지만, 샤덴프로이데를 통해 얻는 만족의 끝에 과연 무엇이 남을까? 그 누구에게도 행복하지 않은 감정만 남지 않을까.

응원의 힘은 생각보다 크다. 누군가의 고통에서 기쁨을 느끼는 본능을 역행해, 그들을 향해 응원을 보내는 선택은 인간이 할 수 있는 가장 아름다운 노력 중 하나가 아닐까. 누군가에게 건넨 나의 응원이 그에게 얼마나 큰 위로가 될지 알 수는 없다. 어쩌면 그리 큰 영향을 주지 않을 수도 있다. 하지만 분명한 것은, 나락에 빠지길 바라는 마음으로 비난을 더하기보다, 그 나락에서 건져 올리는 손길이 되는 것이야말로 내가 해야 할 일이라는 것이다. 오늘도 '나락'을 기뻐하는 사람들의 댓글 속에 응원의 말을 한마디 남겼다. 부디 작은 한마디 한마디가, 누군가에게는 다시금 일어설 수 있는 살아갈 동력이 되기를.

✓ 그저 한마디 칭찬의 힘

내가 캘리그래피와 손 글씨에 관심이 있다는 것을 알았는지, 마치 보물찾기하듯 SNS 알고리즘이 매일 새로운 손 글씨 계정들을 내 피드 속에 흘려 보내주던 어느 날이었다. 그동안은 눈에 띄는 계정이 없었는데, 수많은 손 글씨 계정들 사이에서 유독 하나의 게시글이 내 시선을 사로잡았다. 그분의 콘텐츠는 여태까지 봤던 다른 손 글씨나 기록 콘텐츠와는 수준이 많이 달랐다. 정성으로 작성한 필기 노트, 컴퓨터 폰트라고 해도 믿을 만큼 완벽한 글씨체, 마치 설계 도면처럼 체계적으로 정리된 필기법까지. 그분의 콘텐츠는 그야말로 압도적이었다. 그럼에도 당시 계정 팔로워 수는 90명 정도였던 것으로 기억한다. 용납(?)할 수 없었다. 이렇게 뛰어난 실력을 가진 분이라면 더 많은 분이 알았으면 했다.

“이 분은 나중에 진짜 크게 되실 것 같다.”

정말 마음에서 우러나온 문장 한 줄과 함께 인스타그램 스토리에 공유했다. 그 당시 나도 팔로워 수가 많지는 않았지만, 이분의 계정을 한 명이라도 더 알았으면 좋겠다는 단순한 마음에서 한 행동이었다. 그 게시글을 공유하는 데 걸린 시간은 딱 7초다.

그러고 얼마 후 한 통의 메시지를 받았다. 발신인은 다름 아닌 내가 스토리에 공유했던 손 글씨 계정의 운영자였다. 메시지에는 장문의 진심 어린 감사 인사가 담겨 있었다. 그녀는 개인적으로 힘든 일을 겪고 나서 무엇이라도 해보겠다는 마음가짐으로 ‘기록’이라는 주제를 정해서 콘텐츠를 만들기 시작했다. 하지만 꽤 오랜 시간 콘텐츠를 올렸음에도 특별한 반응이 없어, 그만둬야 할지 고민하던 시기였다고 했다. 그 타이밍에 내가 던진 한마디의 칭찬이 콘텐츠를 계속 이끌어 나갈 수 있는 동인이 되어주었다며, 감사 인사를 전했다. 포기하려던 순간에 누군가 자신의 가치를 알아봐 준 것이, 다시 한번 걸음을 내딛는 용기가 되었다는 것이다. 나는 그저 순간의 감정을 사소하게 글로 옮겼을 뿐인데, 그것이 누군가의 인생에서는 새로운 장을 열어주었다니 그저 놀라울 뿐이었다.

그분은 책 《기록이라는 세계》의 저자이자, 현재 인스타그램과 유튜브에서 활발히 활동하고 있는 기록 인플루언서 '리니' 님이다. 내가 놀란 부분은 그분이 멋진 인플루언서가 되었다는 사실만은 아니었다. 자신만의 확고한 기준으로 다른 이들에게 긍정적인 영향을 미치는 사람이 되었다는 것, 그리고 그 과정에서 스스로에 대한 자존감을 회복했다는 점이었다.

생각해보면 나 역시 그런 경험이 있다. 고등학교 시절, 할 줄 아는 게 아무것도 없다고, 가진 것 하나 없는 존재라며 우울감으로 보내던 때가 있었다. 그런 시기에 당시 담임 선생님께서 "너는 살면서 내가 본 사람 중에 글씨를 제일 잘 쓰네"라고 말씀해주셨던 그 한마디가 나라는 사람도 무언가 하나는 잘할 수 있다는 용기를 주었으니 말이다.

우리는 종종 칭찬을 망설인다. '과한 것은 아닐까', '부담스러워하지 않을까' 하는 걱정에 진심 어린 말을 삼키곤 한다. 하지만 어쩌면 그 한마디가 누군가에게는 절실히 필요한 응원일 수 있다. 자신의 재능을 의심하던 누군가에게는 확신을 주는 계기가 될 수 있고, 포기하려던 꿈을 다시 잡게 만드는 동기가 될 수 있다.

그래서 요즘은 의식적으로 더 많이 칭찬하려 노력한다. 동료의 발표 자료가 인상적일 때, 카페 직원의 서비스가 특별히 친절할 때, 친구가 추천해 준 맛집이 너무 맛있었을 때, 회사 동료가 새로운 것을 시작했을 때. 그때그때 느낀 진심을 전하려 한다. 때로는 "오늘 프레젠테이션 정말 인상적이었어요!"라는 구체적인 칭찬으로, 때로는 그저 따뜻한 미소와 함께 건네는 "감사합니다"라는 짧은 한마디로 전할 때도 있다.

리니 님을 직접 만날 수 있는 기회가 있었다. 그 이후 연락을 이어가며 안부를 물을 때면, 그녀는 강연에서 여전히 나와의 에피소드를 빼놓지 않고 얘기한다는 말을 전한다. “정말 그만 감사하셔도 되는데……”라고 민망해하며 말하면, 그녀는 웃음으로 답한다. 이제는 그때보다 훨씬 더 큰 성장을 이뤄낸 그녀지만, 여전히 그 시작점을 잊지 않고 이야기해 주는 덕분에 나도 칭찬의 힘을 이어가게 된다.

“오늘 참 멋있었어요.”

퇴근길, 엘리베이터에서 마주친 동료에게 건넨 이 짧은 말이, 어쩌면 누군가의 인생을 환하게 밝혀줄 작은 불씨가 되지 않을까. 우리가 건네는 작은 칭찬 한마디는 생각보다 멀리 퍼져나가고, 예상치 못한 방식으로 삶을 바꾼다. 마치 나비의 날갯짓이 태풍을 일으킬 수 있다는 나비 효과처럼, 사소해 보이는 칭찬 하나가 누군가의 삶에 커다란 변화를 만들어낼 수 있다는 믿음으로 오늘도 누군가에게 칭찬 한마디를 건네본다.

✓ 미래를 과소평가하는 사람들

눈 쌓인 주차장에 여러 대의 차가 블록처럼 이중삼중으로 겹겹이 세워져 있는 사진이 SNS에서 돌아다닌 적이 있다. 유독 비현실적이었던 것은 세워진 차들의 상당수가 비싼 고급차량이었기 때문이었다. 그 사진은 우리나라에서 비싸다고 평가받는 아파트 중 한 아파트의 주차장 사진이었다. 아마도 한 가구에 두 대 이상의 차량을 보유한 재력가가 많아서일 수도 있지만, 실상은 오래전에 지어진 아파트들은 대체로 가구당 한 대조차 주차하기 어려울 정도로 주차 공간이 부족하기 때문이기도 하다.

내가 살고 있는 아파트도 90년대에 지어진 대단지인데, 늘 주차 공간이 부족하다. 평일 저녁에 차를 끌고 돌아올 때면, 오늘도 주차 자리를 찾기 힘들까 봐 노심초사한다. 신축 아파트로 이사가고 싶은 가장 큰 이유가 주차일 정도다. 과거에 아파트를 짓던 사람들은 왜 이렇게 주차 공간을 부족하게 만들었을까? 아마도 당시에는 차량을 보유한 사람이 지금처럼 많지 않았을 테고, 자연스럽게 한 가구에 여러 대의 자동차를 가질 것이라는 상상조차 하기 어려웠을 것이다. 그러다 보니 대부분의 설계 담당자들도 '주차 공간은 이 정도면 충분하다'라고 여겼을 것이다. 몇십 년의 차이가 이렇게 극심한 주차난을 낳는다는 사실이 새삼 놀랍다.

이와 관련한 이야기가 있다. 어느 날 전구를 발명해낸 토머스 에디슨에게 워싱턴 포스트의 한 기자는 이렇게 물었다고 한다.

"이제 발명의 시대는 끝났습니까?"

당시 전구가 갓 발명되었던 세상이기에, 사람들은 앞으로 새롭게 탄생할 것이 더 있기는 할지 궁금했던 모양이다. 지금 돌아보면 웃음이 나올 법한 질문이다. 그 이후에도 세상을 바꾼 발명품은 셀 수 없이 쏟아져 나왔다.

전구가 문제인가. 요즘은 블루투스로 색깔까지 마음대로 바꿀 수 있는 전구가 있을 정도다. 초창기 전구로 만족하는 때는 이미 오래전에 지나갔고, 세상은 상상 그 이상으로 빠르게 변해 왔다. 그러니 “발명의 시대는 끝났습니까?”라는 물음은 너무 일찍 나왔던 셈이다.

사람들은 흔히 지금의 상태가 영원히 지속되거나, 변화가 있어도 예상 범위 안에서만 일어날 거라고 믿곤 한다. 이와 관련한 심리학 이론이 있는데 ‘경력의 막다른 길 환상(end of history illusion)’이라 부른다. 마치 오늘의 내가 내 인생에서 가장 완성된 모습이자, 앞으로도 크게 달라지지 않을 것이라고 생각하는 현상이다. 지난 몇십 년을 돌아보면 스스로 많이 변했다고 생각하면서도 앞으로의 몇십 년은 변하지 않을 것이라 생각하는 것도 이런 심리 때문이다.

에디슨 시대의 사람들이 오늘날의 세상을 상상하지 못했듯이, 우리도 10년 뒤의 세상을 정확히 예측할 수 없다. 하지만 나는 이것이 우리에게 희망을 주는 이유라고 생각한다. 지금보다 더 나은 무언가가 될 수 있다는 가능성, 전혀 다른 삶을 살 수 있다는 기회. 어쩌면 우리의 상상을 뛰어넘는 미래가 기다리고 있을지도 모르기 때문이다.

"발명의 시대는 끝나지 않았습니다." 에디슨은 그 기자의 질문에 이렇게 답했다고 한다. 위인 에디슨의 의견에 감히 빗대어, 나 또한 말하고 싶다.

"나의 시대, 아니 우리의 시대 역시 아직 끝난 게 아니다." 지금부터 시작되는 작은 변화가, 미래의 나를 전혀 다른 존재로 만들어낼 수 있기 때문이다.

한 걸음일지라도, 오늘도 새로운 가능성을 향해 내딛어본다. 지금 이 순간에는 도저히 떠올릴 수 없는 미래의 '나'를 만나기 위해. 아무리 허무맹랑해 보이는 꿈이라도 상관없다. 어차피 미래는 우리가 예상한 그 어떤 것보다 훨씬 더 대담하게 펼쳐질 테니까.

✓ 특별 강박에서 벗어나기

개인은 '유일무이한 존재'라는 점에서
고유성을 존중받아야 한다. 그와 함께 누구도
'특별한 존재'가 아니라는 점 또한 인정해야 마땅하다.

- 정유정, 《완전한 행복》

"각자의 고유성이 중요하다"라는 말을 듣다 보면, 마치 내가 누군가보다 특별한 사람이 된 것처럼 느껴지곤 한다. 그리고 다른 사람에게 특별한 나의 존재가 큰 영향력을 발휘해야 하는 것처럼 생각되기도 한다. 마치 내가 남들과 다르기 때문에 특별한 존재가 되었다고 생각하는 것이다. 하지만 고유하다는 말이 내가 남들보다 특별하다는 뜻은 아니다. 고유하다는 것은 단지 '나다움'이 있다는 뜻이기 때문이다.

'고유'라는 것은 본래부터 가지고 있는 특유한 것이라는 의미를 담고 있다. 반면에 '특별'은 보통과 구별되게 다름이라는 뜻을 담고 있다. 둘 다 '다름'이라는 뜻을 내포하고 있지만 내면에 집중하는 '고유'와는 달리 '특별'은 '나 외의 것을 보통'이라고 정의하는 상대적이고 우월적인 정서가 기본적으로 담겨있다.

'고유함'과 '특별함'을 구분할 줄 알면 역설적으로 마음이 더 자유로워진다. '특별'해야 한다는 강박에서 벗어나면, 진짜 나답게 살아갈 수 있기 때문이다. 실제로 《자존감 수업》의 저자이자 정신건강의학과 교수인 윤홍균 선생님은 한 인터뷰 기사에서 아이에게 "넌 특별해"라는 말을 많이 하는 건 좋지 않다고 이야기한 적이 있다. 그 이유는 '특별해야 한다'라는 생각이 강박이 되어 자존감을 낮출 수 있기 때문이다. 아이뿐 아니라 어른인 나에게도 마찬가지다. '나는 특별해'라는 생각을 스스로에게 반복하다 보면 자존감에 나쁜 영향을 줄 수 있다. 그만큼 '특별해야 한다는 생각'은 우리에게 스트레스가 된다. 악착

같이 애를 쓰며 남보다 특별한 존재로 스스로를 포장하고 실제로 그렇게 되고자 애쓰지 않아도, 우리는 이미 충분히 고유한 사람들이다.

고유성을 가진다는 것은 먼저 자신을 있는 그대로 받아들이는 것에서 출발한다. 각자는 태어날 때부터 다른 환경과 경험을 통해 형성된 독특한 개성을 지니고 있다. 이러한 개성은 우리의 강점이자 약점이 될 수 있다. 예를 들어, 나는 열린 생각을 좋아하고 기획을 하는 것을 좋아하지만, 숫자를 분석하고 회고를 하며 체계적인 시스템을 만드는 것에는 취약하다. 또 누군가는 반대로 체계적이지만 창의적인 생각을 잘하지 못할 수 있다. 이러한 차이를 인정하고 존중하는 것이 고유성을 인정하는 첫걸음이다.

고유함과 특별함을 분리할 줄 아는 마음가짐은 다른 사람을 바라보는 우리의 눈도 달라지게 한다. 나만큼이나 다른 이들도 저마다의 고유성을 가진 존재라는 것을 인정하게 되니까, 동료의 성과가 나의 부족함으로 느껴지지 않고, 친구의 재능이 나의 결핍으로 이어지지 않는다. 그저 각자 고유한 존재로 그들의 삶을 살아갈 뿐이라는 사실을 인정하게 된다. 또는 타인의 행동이나 사고방식이 이해되지 않을 때 마냥 비판하지 않을 수 있다.

> 당신과 다른 경험을 한 사람은 당신과 다른 사고방식이나 관점을 지니기 마련이다. 그들은 다른 목표, 다른 견해, 다른 욕구, 다른 가치관을 지닌다.
>
> **- 모건 하우절, 《불변의 법칙》**

이 문장처럼 그저 각자가 다른 배경과 경험을 가지고 있음을 이해하고, 그 차이를 존중하는 태도를 지녔으면 한다.

고유함과 특별함을 구별할 줄 알고 각자의 고유함을 인정하는 마음은 더 나은 자신을 만들고, 나아가 더 조화로운 사회를 만든다. 우리는 모두 다르다. 그리고 그 다름은 누구도 흉내 낼 수 없는 것이다. 하지만 그것이 곧 특별함을 의미하지는 않는다. 마치 숲속의 나무들처럼, 우리는 각자의 모양대로 자라나고 각자의 방식대로 꽃을 피

운다. 어떤 나무도 더 특별하지 않다. 그저 저마다의 방식으로 숲을 이루고 있을 뿐이다.

'고유함'과 '특별함'을
구분할 줄 알면 역설적으로
마음이 더 자유로워진다.

'특별'해야 한다는
강박에서 벗어나면,
진짜 나답게
살아갈 수 있기 때문이다.

✓ 오스트랄로피테쿠스 같은 순간

아는 것을 안다 하고, 모르는 것을 모른다고 하는 것이
참된 지식인의 표본이다.

- 공자

광고 대행사인 TBWA라는 곳에서 대학생 대외활동을 한 적이 있었다. 광고 꿈나무 15명을 모아서 업계의 선배님들이 광고에 대한 지식과 함께 삶의 지혜를 나눠주는 대외활동이었다. 《책은 도끼다》의 저자인 박웅현 ECD, 《인생의 해상도》의 저자인 유병욱 CD, 지금은 전업 작가가 된 김민철 카피라이터까지 속해있던 당시 최고의 크리에이티브 집단이었던 그곳에서, 15명의 동기들과 함께 다양한 생각을 나누며 많은 것을 배웠다. 광고 대

행사답게 조별로 혹은 개인별로 다양한 크리에이티브를 발표하는 경우가 많았는데, 그때마다 선배님들은 따뜻하고 촌철살인 같은 이야기를 많이 해주었다.

어느 날은 당시 멘토였던 CD(Creative Director라는 뜻으로 광고 대행사에서는 제작팀장을 뜻한다)님과 함께 '각자의 관심사'에 대해 이야기하는 시간을 가졌다. 나는 그날 '뮤지컬'이라는 주제에 대해 이야기했다. 내가 발표를 한 이후 같은 기수 동기들의 이야기를 듣고 있자니, '와, 내가 모르는 분야가 정말 끝도 없구나'라는 생각이 절로 들었다. 애니메이션을 깊이 파고드는 친구가 있고, 어떤 영화감독에 대해 줄줄 읊는 친구도 있었다. 발표를 들은 후의 소감은 "자신이 전혀 모르는 세상을 알 수 있어서 좋았다"는 이야기가 대부분이었다. 이런 후기를 나누고 있자니, 멘토 CD님이 뼈 있는 한마디를 던지셨다.

"오늘 내가 모른다는 것이 이렇게 많다는 것을 알게 됐지? 맞아. 세상에 있는 누구나 어떤 분야에서는 오스트랄로피테쿠스만도 못해. 우린 그걸 잊지 말고 살아야 해."

꽤 오래전의 일이지만, 저 문장만큼은 지금까지도 잊히지 않는다. 처음엔 '자만하지 말라'는 뜻 정도로 받아들였지만, 곱씹어보니 훨씬 큰 의미를 담고 있었다. 인간에게는 한계라는 게 분명 존재하고, 누구나 알지 못하는 '사각지대'를 갖고 있다는 점을 잊지 말아야 한다는 이야기였다. 이 문장이 지금까지도 기억에 남는 이유는 아마도 누구나 스스로가 지독하게도 모르거나 못하는 영역이 존재한다는 것을 확실하게 공감하기 때문인 것 같다.

"한솔, 헬프. 나 너의 도움이 조금 필요해. 어머니한테 작은 가게를 하나 열어드렸는데 도무지 매출이 늘지를 않아. 마케팅 같은 것들을 좀 해야 할 것 같은데, 진짜 그쪽은 하나도 모르겠어. 좀 도와줄래?"

한번은 투자로 큰돈을 번 친구에게 연락이 왔다. 어머니가 운영하시는 작은 가게의 마케팅 때문에 고민이라는 내용이었다. 주식과 코인 차트는 술술 읽어내고, 부동산 입지는 줄줄 읊으면서 전단지 한 줄의 광고 문구를 쓰고 포털사이트에 지도 정보를 등록하는 데는 한참을 끙끙대는 친구의 모습이 신기했다. 옆구리만 찔러도 30분은 투자 이야기를 할 수 있는 친구가, 마케팅과 관련해서는 아는 것이 하나도 없었다. 지극히 정상적이다. 그 친구는 마케팅이라는 것을 한번도 해본 적이 없기 때문이다.

간단한 사례 하나를 언급했지만, 이것 외에도 우리는 살아가면서 '무언가'를 모르는 사람들을 굉장히 많이 만난다. 특히 내가 유독 잘 아는 분야에 대해서 모르는 사람을 만나면 '어떻게 이런 기초적인 것도 모르지?'라는 생각이 불쑥불쑥 솟기도 한다. 그럴 때마다 멘토 CD님이 해주신 '오스트랄로피테쿠스' 이야기를 떠올린다.

우리가 무언가를 잘 모르는 것은 이상하거나 잘못이 아니다. 어떤 지식에 약하다는 것은 지극히 당연한 일이다. 지구에서 일어나는 모든 것을 다 알 수 있는 사람은 애초에 없으니까. 어떤 것에 대해 무지하다는 것은 그저 서로 다른 영역에서 집중하고 있을 뿐인 것이다.

어느 부분에서는 원시인 수준조차 못하지만, 다른 부분에서는 누군가에게 귀중한 가치를 전할 수 있다는 것,

그리고 그 다양성과 상호 보완성 덕분에 우리 사회는 좀 더 풍요로워진다는 사실을 다 같이 인정했으면 한다. '모른다'는 사실을 억지로 숨기거나 부정하기보다, "아, 나는 이 분야에선 아직 오스트랄로피테쿠스만도 못하구나" 하고 솔직히 받아들이는 자세. 그리고 나 이외에 누군가도 분명히 모르는 분야가 있다는 것을 포용해주는 마음. 이런 태도를 가진다면 언젠가 누군가는 내 부족함을 채워주고, 나는 또 다른 누군가에게 도움을 줄 수 있는 기회가 열릴 것이라 믿는다. 그게 바로 우리가 '모르는 것'을 수용해야 하는 가장 멋진 이유 아닐까.

✓ 누군가에겐 소중했을 내일을 감사하며

“골수 기증이 필요한 환자분이 계신데…….”

어느 날, 별안간 걸려 온 전화 한 통에 나는 대학 시절로 돌아갔다. 포항 산골짜기 학교 식당 앞, 흰 가운을 입은 생명 공학 전공 학생들이 골수 기증 신청을 받던 날이었다. 골수 기증에 대해 별생각은 없었지만, 그 당시 좋아하던 사람과 점심을 먹으러 가던 길이었고, 그 사람에게 잘 보이고 싶은 마음에 서명을 했다. “나 골수 기증 등록했어”라는 말 한마디가 그 친구의 시선을 조금이라도 바꿔줄 것 같았으니까(물론 그 친구와는 별다른 일이 생기지 않았다). 기증 서명을 하더라도 실제로는 일치할 확률이 적다는 이야기를 들으며 ‘그래, 나중에 누군가에게 도움이 될 수도 있잖아’라는 진짜 가벼운 마음으로 서명했었다. 그때의 그 마음이 5년이 지나 누군가의 생명줄이 되리라곤 정말 상상조차 하지 못했다.

"선생님과 골수가 일치하는 환자가 있습니다. 기증…… 해 주실 수 있을까요?"라는 전화를 받고, 나는 곧바로 회사에 연차를 신청했다. 대리 초년생으로 매일 야근과 경쟁 PT에 치이던 때였지만, 놀랍게도 결심은 빠르게 섰다. 돌이켜 보면 적잖이 용기가 필요한 일이었을 텐데, 그때의 나는 너무 바빠서 오히려 겁낼 새도 없었던 것 같다. 아니면 병원에서라도 쉴 수 있으면 좋겠다는 마음이었을지도.

병원에 입원해 각종 검사를 받던 중, 의사 선생님이 내 차트를 보며 고개를 갸우뚱하더니 물었다.

"술, 담배를 전혀 안 하신다고요?"

"네, 태어나서 한번도 해본 적 없어요."

"운동도 꾸준히 하시고…… 정말 건강하시네요."

그분의 표정에는 신기하다는 기색이 역력했다. 그리고 이어진 한마디.

"건강하게 살아주셔서 감사합니다. 이렇게 살아오

신 날들이 누군가를 살릴 수 있네요."

미처 깨닫지 못했던 사실—내가 그동안 꾸준히 운동하며 관리한 것이, 술 한 방울 안 마시고 담배를 피우지 않은 것이 누군가에게는 생명을 이어주는 큰 힘이 될 수 있었다는 것.

몇 시간 동안 꼼짝도 못 하고 전신에 있는 피를 호스로 뽑았다 넣었다를 반복해야 하는 추출 작업도 두려웠고, 복귀 후 야근으로 해치워야 하는 회사 일도 걱정스러웠지만, 담당 선생님의 "감사합니다"라는 말이 모든 고민을 잠재웠다. '내가 이렇게 살아온 시간이 결코 헛된 게 아니구나' 하고 잠시나마 뿌듯한 감정에 젖기도 했다.

그 일이 있고 약 10년 가까이 지난 시점에 문득 스스로를 돌아보았다. '과연 지금 나에게 골수 기증 연락이 왔으면 어땠을까?'라는 생각이 들었다. 요즘은 솔직히 건강하게 도움을 줄 수 있겠다는 자신이 없다. 회사 업무와 스트레스에 치여 불규칙하게 식사하기 일쑤고, 운동은 점점 뒷전이 되고, 술을 적잖이 마시며 과식하거나 달콤한 간식으로 위안 삼을 때가 잦아진 요즘, 마치 내 몸이 영원히 건강하기라도 한 것처럼, 혹은 이 몸이 오직 나만의 것인 양 아무렇게나 소비하고 있었던 것 같다.

말도 안 되게 망가져 버린 몸 상태를 거울로 보며, 약간의 스트레스를 받고 있던 순간 골수 기증 때 들었던 의사 선생님의 말이 문득 떠올랐다. "건강하게 살아주셔서 감사합니다."

내 몸이 단지 나만을 위한 존재가 아닐 수도 있다는 사실, 내가 축적해온 건강이 다른 이에게도 희망이 될 수 있다는 가능성을 떠올리면, 지난날의 내 태도가 부끄러워진다. 낯선 누군가와 내 건강의 일부를 나누었다는 기적 같은 일이 내게 "네 몸을 좀 더 소중히 대하라"고 말해주는 듯했다.

문득, 내 골수를 이식받은 그분은 잘 지내고 있을까 궁금해진다. 어느 도시, 어느 가정에서 따뜻한 아침 햇살을 맞이하고 계실까. 가족들과 식탁에 앉아 즐겁게 얘기를 나누거나, 주말 저녁엔 친구들과 만나 수다를 떨고 있을지도 모른다. 혹은 오늘이 누군가의 생일이라면, 파티장에서 케이크 초를 끄며 생일 축하 노래를 부르고 있을 수도 있다. 그분에게 내 골수는 단순한 세포가 아니라, 새 삶의 문을 열어준 열쇠였을 것이다. 그렇게 상상하고 보니, 가슴 한구석이 벅차오른다. 잠깐 거창한 생각으로 빠졌지만, 정말로 내 작은 실천과 선택이 누군가의 생사를 가를 수도 있다는 것, 그건 굉장히 놀라운 발견이었다.

'나의 건강'이라는 가치는 결코 나 자신, 개인에게만 머무르지 않는다. 그래서 요즘 다시 마음을 다잡으려 한다. 규칙적인 식사, 적당한 운동, 그리고 충분한 휴식. 조금이라도 거리를 두고 걷는 운동을 하고, 약속이 없는 날이면 집 근처 공원을 산책하거나 요가 매트 위에서 가벼운 스트레칭을 해본다. 누가 시키는 것도 아닌데, 그때의 기억이 자꾸만 등을 떠민다. '누군가에게 건강을 나눠줄 수 있는 삶'을 위해서다. 그것이 골수 기증이건, 헌혈이건, 혹은 그저 내 주위 사람들에게 더 나은 에너지를 전하는 일이건 간에, 내 몸을 보살피는 것은 곧 다른 이들에게도 좋은 영향을 미친다는 믿음이 생겼으니까. 일단 나의 건강한 상태가 지금의 나와 함께 살아가는 내 가족, 내 회사 동료들에게도 영향을 줄 테니까. 그러니 오늘도 나는 내가 먹는 음식, 앉는 자세, 몸을 움직이는 방식 하나하나를 소중히 대하려 애쓴다. 매일 저녁 자기 전에 거울에 비친 나에게 건네는 "건강하게 살아줘서 고마워"라는 한마디가, 나를 포함한 모두에게 조금씩 더 나은 미래를 열어주길 기대해본다.

더불어 혹시나 마음속에 어떤 핑계를 품고 있는 사람이 있다면 이 이야기를 꼭 들려주고 싶었다. 지금 이 순간이, 누군가에게는 간절히 바라던 '내일'이었을 테니 말이다.

✓ 비참해지거나 교만해지거나

홍콩 디즈니랜드의 〈토이스토리〉 랜드에 들어가 잠시 쉬던 중 SNS에 접속했다. 그때 마침 리조트에서 수영하고 있는 친구의 사진을 마주쳤다. 순간 나도 모르게 '와, 진짜 부럽다'라는 생각을 했다. 아차 싶었다. 나도 남들이 부러워할 좋은 여행지에 앉아 있으면서 또 다른 누군가를 부러워하고 있었기 때문이다. 홍콩 한가운데서 여행하는 중에 SNS를 보면서 다른 사람을 부러워하는 걸 보니 확실히 비교는 무섭다.

비교에서 나오는 부러움은 블랙홀처럼, 지긋지긋하게도 정말 끝이 없다. 오랜 시간 나는 스스로를 시기나 질투가 없는 편이라고 자부하는 편이었다. 하지만 최근 유독 글을 쓴다는 핑계로 SNS를 많이 보게 되어서 그런지 가슴속부터 스멀스멀 피어오르는 타인과 나를 비교하는 마음은 피할 수가 없었다.

누군가는 나에게 "나름 SNS 팔로워도 많고, 좋은 경력도 쌓고 있으니 부러울 게 없겠다"고 말하지만, 실제로는 그렇지 않다. 원하는 분야에서 일정 수준의 성취를 이뤄도, 늘 그보다 더 높고 멋진 곳을 향해 달려가는 누군가가 있기 마련이니까. 더 많은 팔로워를 가진 사람, 더 많은 책을 파는 사람, 더 뛰어난 글을 쓰는 사람, 더 많은 연봉을 받는 사람, 더 단단한 커뮤니티를 형성해 수입을 올리는 사람, 나보다 훨씬 어린 나이에도 슈퍼카를 끌고 다니는 사람들이 끊임없이 눈에 들어온다. 그러면 마음 한구석에서 '아, 나도 저렇게 됐으면 좋겠다'는 부러운 마음이 생긴다. 그리고 그 생각은 나를 가만히 두지 않는다. '어쩌면 좀 더 열심히 달렸다면, 나도 저 정도 위치에 오를 수 있었을 텐데'라거나 '나는 이만큼 노력했는데 왜 아직 부자가 되지 못했지?'와 같은 자책과 비교의 늪으로 이어지기 쉽다. 괜히 비교를 '비참해지거나 교만해지거나'의 약자라고 하겠는가. 나를 단단하게 만들지 못하도록 방해하는 최악의 빌런을 꼽으라고 한다면, 나는 단연코 '비교'를 꼽을 것이다.

어쩌면 우리는 본능적으로 비교를 통해 자신을 확인하려고 하는지도 모른다. 어린 시절부터 학교에서 받았던 성적표가 그러했고, 사회에 나와서도 끊임없이 이어지는 경력이나 수입에 대한 평가가 그렇다. 특히, 집단주의가 강한 대한민국 사회에서는 '비교'를 안 할 수가 없다. 비교를 통한 인정, 비교를 통한 자기 효능감은 짜릿할 수도 있지만, 그 반대급부로 '나는 왜 이렇게 부족하지?'라는 열등감을 남긴다. 결국 비교의 대상은 한없이 확장될 뿐, 어느 지점에서 "이제 됐다!"라고 딱 선을 긋는 것은 거의 불가능하다. 이런 비교로부터 자유로워지지 못하면, 결국 자신을 제대로 돌보지 못하게 된다. 내가 어떤 점에서 성장했는지, 현재 내 속도는 어떤지 돌아볼 여유 없이, 한순간에 타인의 화려해 보이는 성과에 압도당하기 때문이다.

물론 비교도 긍정적인 측면이 있다. 성과를 내기 위해서나 나를 조금 더 단련하기 위한 기준을 준다는 측면에서는 스스로 동기를 부여하는 것보다는 '경쟁자'가 생기는 것이 효과적이기 때문이다. 경쟁자들과 건강한 비교를 통해 나를 성장시키고 기준점으로 삼는 것은, 비교의 순기능이라고 생각한다.

정말로 백해무익한 비교는 따로 있다. 나에게 오로지 해악만 주는 비교는 크게 두 가지로 나누어 볼 수 있다.

첫 번째는 다시는 돌아오지 않을 과거의 '나'와 비교하는 것이다. 전에 거둔 '과한 성과'를 기준 삼아 "옛날엔 이랬는데, 왜 지금은 이 수준밖에 안 되지?" 하고 자책하는 경우다. 인간은 놀랍도록 과거를 미화하거나, 혹은 과거 성취에 매여 자신을 채찍질할 때가 많다. 하지만 몸이든 마음이든 한 시절의 컨디션과 똑같이 유지되는 일은 거의 없다. 게다가 그 시절의 '나'는 지금과 조건도 다르고, 열정도 달랐을 것이다. 이 사실을 잊은 채 과거의 전성기에 자신을 계속 견주면, '지금의 나'를 부정하게 되거나 성장 가능성을 가로막는다. 다시는 오지 않을 나와 비교하는 것 중 가장 안 좋은 사례는 '원래로 돌아가겠다'는 마음가짐이다. '원래 나는 이렇지 않았는데'라며 자신이 정한 '원래의 나'와 비교하며 지금의 나를 옭아매는 경우다. 나의 경우에는 다이어트를 성공한 이후에 그 몸무게를 마치 내 인생에서 당연히 지켰어야 할 몸무게처럼 나를 채찍질하곤 했다. 왜 그 몸무게를 유지하지 못했냐며 매일 자책하는 삶을 살았다. 하지만 생각을 고쳐먹었다. '원래의 나'는 없다는 사실을. 지금의 내가 '원래의 나'이다. 이미 흘러서 사라진 '없는 기준'에 나를 맞출 수 없다. '제일 잘나가던 시절의 나', '원래의 나'는 없는 존재이다. 그냥 지금의 내 상태에서 시작하면 된다.

두 번째는 '나'와 전혀 상관없는 주변 사람과 비교하는 것이다. 우리는 전혀 누군지도 모르는 사람과의 비교로 나를 갉아 먹는 일이 너무나도 많다. 아무래도 이것은 SNS의 영향이 지배적일 것이다. 공교롭게도 소셜미디어는 다른 사람들의 '하이라이트'만 편집해서 보여주기에, 대개 가장 빛나는 순간만을 보게 된다. 거기엔 실패나 번뇌, 깊은 고민은 거의 노출되지 않는다. 그래서 SNS를 보면서 "다들 이렇게 잘 사는데, 나만 뒤처져 있나?"라는 불안이 커질 수밖에 없는 것이다.

하지만 사실 우리가 보는 건 '조명'이 가장 잘 비치는 그들의 무대일 뿐이고, 백스테이지는 전혀 볼 수가 없다. 그럼에도 우리는 쉽게 그 무대를 직접 목격한 양 착각하고, 그들을 치켜세우며 스스로를 낮추는 쪽으로 저울을 기울인다. 게다가 우리가 전혀 모르는 사람들의 전시된 삶이라 우리는 그들의 진실을 모르기 때문에 더욱 비참해지기 쉽다. 이런 형태의 비교가 진짜 무서운 이유는 '남이 가지고 있는 것'이라는 이유로 나는 관심도 없는데 그것을 '갈망하게 되는' 효과가 생긴다는 것이다.

책 《너 자신의 이유로 살라》에 따르면, 사람은 "알지 못하고 보지 않은 것을 욕망할 수 없다"고 한다. 쉽게 말해 내가 모르는 걸 갖고 싶어 할 수 없다는 뜻이다. 내가 좋아서가 아니라 '남들이 좋다고 해서', '누군가가 화려한 영상 속에서 쓰는 게 좋아 보여서' 그것을 갖고 싶고, 하고 싶게 만든다는 것이다. 애초에 가질 생각도 없었는데, 나에게 없다는 이유로 비참하다고 생각하는 것이 과연 옳은 방향일까? 조금만 생각해도 답은 나온다.

이렇게 '과거에 다신 오지 않을 나'와 'SNS 속 누군가' 모두와 비교하게 되면, 현재의 나는 어디에도 없어진다는 것이 문제다. 흘러간 시간과도 경쟁하고, 직접 얘기 한번 나눠본 적 없는 사람과도 경쟁하느라 정작 지금의 나는 소진되고 만다. 결국 끊임없이 '뭔가 부족하다'는 열등감을 달고 살게 된다.

그러니까 '비교하지 않기'를 연습해야 한다. 물론 말처럼 쉽지는 않다. 현대사회가 주입하는 경쟁 논리와 SNS가 주는 눈부신 '편집된' 일상들은 매일같이 우리를 유혹한다. 그럼에도 선택은 우리에게 달려 있다. 내가 하루를 마무리할 때, "왜 난 저 사람만 못할까?"라고 비교하는 대신, "오늘은 어제보다 조금은 나아졌을까?"라거나, "지금 나에게 가장 필요한 한 걸음은 뭘까?" 하고 스스로에게 질문해 볼 수 있다.

그래서 요즘 나는 이렇게 한다. 비교 대신 관찰이나

영감이라는 단어로 바꿔 보는 것이다. 저 사람과 비교하는 게 아니라 저 사람이 나에게 새로운 영감을 준다고 생각한다. 누군가 부럽다면, 그 사람에게서 무엇을 배울 수 있는지 생각해본다. 단순히 "저 사람보다 못하다"가 아니라, "저 사람은 이런 식으로 역량을 키웠구나, 나도 이 점을 참고해서 변화를 시도해볼까?" 하고 접근하면 비교에서 오는 열등감이 훨씬 줄어든다. 또 과거의 나를 '원상복귀해야 할 기준점'이 아니라 '오늘의 나를 위한 과거의 좋은 경험'으로 받아들이면 예전 성과에 갇히지 않고 현재를 더 유연하게 볼 수 있다. 결국 '비교의 늪'에 빠질 것인가, '관찰과 성장'의 동력으로 삼을 것인가는, 내가 어떻게 받아들이느냐에 달려있는 것 같다.

오늘의 내 한 걸음은 어제의 나보다 조금 더 나은가? 지금 집중해야 할 건 내 삶인가, 남의 삶인가? 이 두 가지만 생각해도, 비교로 인한 소모를 한결 덜 수 있다. 남의 하이라이트만 보고 스스로를 깎아내리는 악순환을 멈추고, 나를 지키기 위한 노력을 시작해보자.

남의 하이라이트만 보고
스스로를 깎아내리는
악순환을 멈추고,
나를 지키기 위한
노력을 시작해보자.

✓ 그렇겐 살고 싶지 않아

AI 기술을 배워서 몇 억을 벌 수 있는 방법을 알려주겠다는 광고를 보고는 클릭을 할까 말까 잠시 망설였다. 늘 광고에 속지만 늘 광고가 궁금한 건 어째야 할까. 결국 클릭해서 들어가 봤다가 내용을 훑어보고선 얼른 창을 닫아버렸다. 그것은 내가 해서는 안 되는 일이었고, 그런 일로 돈을 벌어 살고 싶지 않았다. 어떤 내용이었냐 하면, AI로 가상의 인물을 만들어 실제 인물처럼 포장해 선정적인 콘텐츠를 특정 사이트에서 유료로 판매해 돈을 벌라는 이야기였다. 세상에, 이렇게도 돈을 버는 사람이 있다니. 정말 세상에는 돈을 버는 방식이 무궁무진하다.

브랜드 마케터로서 회사에서 브랜딩 프로젝트를 진

행하는 경우가 많다. 그때 가장 많이 쓰는 단어 중 하나가 '핵심 가치'라는 말이다. '핵심 가치'라는 것은 브랜딩 용어로 '회사가 지켜야 할 중요한 행동 기준이나 가치관'을 뜻한다. 보통 '정직', '혁신', '고객 중심' 같은 단어를 많이 사용한다. 언뜻 보면 당연하고 뻔한 말들의 나열 같지만, 실은 그 회사의 모든 의사결정에 영향을 미치는 중요한 기준이 된다.

예를 들어 '정직'을 핵심 가치로 삼은 기업이라면, 당장의 이익을 위해 과장 광고를 하거나 제품의 결함을 숨기지 않아야 한다. 또 '혁신'을 중시하는 기업은 안정적인 수익이 나는 제품이라도 더 나은 변화를 위해 이전 것을 과감히 포기할 수 있어야 한다. 때로는 기업들이 이런 핵심 가치를 내세우면서도 실제로는 이를 지키지 못하는 경우가 있다. '고객 중심'을 외치면서 불합리한 약관을 고수하거나, '혁신'을 강조하면서 안전한 이익만을 좇는 경우처럼 말이다. 이러한 실패들을 많이 만나는 덕분에 역설적으로 진정한 핵심 가치의 중요성을 더욱 분명하게 알 수 있다.

실제로 '고객 집착'이라는 단어를 핵심 가치로 두고 있는 한 IT 회사에서는, 회의하며 의견이 충돌할 때마다 이런 질문들을 서로에게 던진다고 한다.

"지금 이 얘기가 고객이 열광할 정도로 좋아할 만한 결정인가요?"

이처럼 핵심 가치는 수많은 갈림길에서 방향을 제시해주는 나침반이 된다.

잠시 경영학적인 얘기로 빠졌지만, 결국 '핵심 가치'는 개인에게도 필요하다는 말을 하고 싶었다. 개인의 삶에서도 수많은 선택 가운데 "이거 내가 해야 하는 것이 맞나요?"라는 질문에 답해줄 수 있는 핵심 가치가 필요하다. 하지만 개인은 회사와는 조금 다르다. 내가 하고 싶은 것을 찾기도 어려운데 해야 할 기준까지 정하라고 한다면 머리가 복잡해질 수밖에 없다. 그래서 개인의 핵심 가치는 보통 '하지 말아야 할 것'을 정하고 선택하는 것이 유용하다.

"다이어트는 뭘 먹을지를 고민하는 게 아니라, 뭘 안 먹을지를 고민하는 거예요."

다이어트에 대해 조언을 해주던 한 운동 유튜버가 한 말이다. 딱 나의 삶에서도 이런 기준점이 필요하다고 생각한다. '무엇을 할까'를 고민하기보다는 '무엇을 하지 않을까'를 선택할 수 있는 게 더 큰 용기이자 중요한 다짐일지도 모른다.

그래서 나도 최근 몇 년간 개인적으로 이런 기준들을 세워왔다.

"직접 보고 듣지 않는 것을 남에게 전하지 않는다."

"남의 등에 칼을 꽂는 일은 하지 않는다."

"1분 이상 설명할 수 없는 종목에는 투자하지 않는다."

이런 기준들은 때로는 당장의 이익을 포기해야 하는 상황을 만들기도 해서 많은 갈등을 불러온다. 하지만 이런 선택들이 모여 나의 정체성을 만들어준다. 내가 선정적인 콘텐츠로 돈을 번다는 AI 광고를 보고 창을 닫은 선택이 원하지 않는 내가 되는 것을 막아준 것처럼.

삶은 끊임없는 선택의 연속이다. 심지어 요즘처럼

정보가 많은 세상에서는 내가 도전할 수 있는 기회가 무궁무진하다. 단군 이래로 가장 돈을 벌기 쉬운 세상이라는 말이 거짓이 아닐 정도로 돈을 벌려면 어떻게든 벌어들일 수 있는 세상이기도 하다. 그러다 보니 어떤 직업을 가질지, 어떤 사람과 함께할지, 어떤 것으로 돈을 벌지와 같은 것들을 계속 고민할 수밖에 없다.

우리의 선택은 단순히 그 순간으로 끝나지 않는다. 그것은 마치 나무의 나이테처럼 우리의 정체성에 새겨져, 시간이 흐를수록 더 선명한 모습으로 우리 자신을 드러내게 된다. 그러니 중요한 것은 선택의 순간마다 자신을 지키는 것이다. 그것이 비록 힘들고 고단한 길일지라도, 그 길을 걸어갈 때 우리는 진정한 자신을 만들어갈 수 있다. 돈이 될지언정 하지 말아야 할 것들을 분명히 하고, 그 선을 지키며 살아가겠다고 오늘도 다짐해본다.

나와 같은 고민이 들 때면 이렇게 질문해보자.

"너 정말, 이런 선택을 하고 살아도 괜찮아?"

✓ 손절의 기준

"아니, 오늘 회사에서 어떤 사람이 나에게 이런 말을 했어."

"음…… 그럴 수 있지."

아내가 나와 대화할 때면, 항상 제일 서운해하면서도 한편으로는 신기해하는 부분이 있는데, 늘 '그럴 수 있지'라고 대답하는 나의 모습이다. 아내가 외출 후 돌아와 밖에서 겪은 일을 한바탕 쏟아낼 때가 있는데, 나는 늘 그 대화의 소재가 된 누군가에 대해서 "그래, 걔는 그럴 수 있겠다"라는 식으로 대답한다. 어찌 됐건 따지고 보면 그럴 수 있겠다 싶은 배경이나 사정이 있지 않을까 하고 얘기하면, 아닌 건 아닌 것이 확실한 아내의 성격에서는 신기한 한편 서운한 모양이다.

그건 아내와의 대화에서의 반응뿐만이 아니라 나의 직접적인 사회적 관계에서도 그런 측면이 있다. 내가 성격이 온유해서라기보다는 평소 갈등을 굉장히 싫어하다 보니, 굳이 갈등 요소를 스스로 불러일으키고 싶지 않기 때문이다. 더 나아가서는 한두 개 정도의 배울 점이 있고 좋은 점이 있는 사람이라고 한다면, 그 사람이 나를 잘라내지 않는 이상 굳이 내가 나서서 그 사람과 척지지 않으려고 하는 성격 때문이기도 하다.

하지만 그럼에도 불구하고, 세 부류의 사람들만큼은 단호하게 선을 긋는다. 실제로 만나면서 "다시는 보지 말아야겠다"는 깨달음을 준 이들의 공통된 특징이다. 이들은 가까이하는 것만으로도 나에게 해가 될 것 같은 동시에 "절대 저렇게 살지 말아야지"라는 강한 교훈을 주는 사람들이기도 하다.

첫째, 가장 가까운 사람을 논란거리로 만드는 사람이다. 예를 들면, 배우자나 연인과의 대화를 인터넷 커뮤니티에 털어놓으며 불특정 다수에게 판단을 구하는 유형이다. “제 배우자가 이랬는데 어떻게 생각하세요?”라며 누가 봐도 욕을 먹길 바라는 마음으로 사적인 내용을 공개하거나, 연인과의 둘만의 순간을 과시하듯 늘어놓는다. 신뢰가 바탕이 되어야 할 관계를 타인의 구경거리로 만드는 것이다. 커뮤니티뿐 아니라 현실 세상에도 있다. 자신에게 가장 가까운 사람을 가벼운 가십거리나 안줏거리 소재로 삼는 사람들. 사적인 자리에서 많이 마주치는 유형이다.

둘째, 의도적으로 오해하도록 두는 사람이다. 사람들이 일반적으로 가지고 있는 인식을 역이용해서 자신에게 유리하게 생각을 조작하는 사람들을 말한다. 예를 들면, 이런 사람들이다. 단기로 잠깐 근무한 후 ‘특정 회사 출신’이라고 말한다거나, 운영 보조 아르바이트를 했을 뿐인데 ‘해당 프로젝트 담당’이라고 자신을 소개하는 식이다. 실제로 내가 만난 사람들이다. 이들의 주장이 틀린 말은 아니다. 그리고 그들이 해 온 일도 충분히 멋진 일들이다. 하지만 그것이 문제다. 틀린 말은 아니라는 점. 틀린 말은 아니지만 그래도 듣는 사람들이 생각했던 것과는 다른 모습인 이야기들. 그렇기 때문에 그것을 이용하는 사람들의 마음가짐에 거리를 두고 싶어진다. 거짓은 아니지만, 진실은 얘기하지 않는 사람들. 이런 사람들은 진실의 일부분만 의도적으로 보여준다.

셋째, 남을 깎아내림으로써 자신을 높이려는 사람이다. 타인의 작은 결점을 과장하고 비난하면서 스스로의 위치를 끌어올리려 한다. 이들은 자신의 성장이나 발전보다는 남의 단점 찾기에 더 몰두한다. 소위 '일침'이라는 미명으로 타인의 성과를 깎아내린다든지, 대화의 대부분이 남의 뒷담화로만 가득한 경우다. 조직 생활을 하면서 자주 마주치는 부류의 사람들이다.

이 세 가지 유형의 공통점은 언젠가 나와의 관계에서도 그들의 날카로움이 나의 등을 찌를 수도 있겠다는 생각이 든다는 점이다. 이 세 가지 유형의 사람들과 관계를 정리하면서 중요한 교훈을 얻었다. 바로, 나는 절대로 절대로 이런 행동을 하지 말아야겠다는 다짐이다.

결국 내가 싫어하는 사람들의 행동을 피하는 것은 단순한 손절이 아니라, 나 자신의 가치와 목표를 지키기 위한 선택이라고 생각한다. 그런 사람들에게 동조하고 있다면, 결국 나도 같은 사람이 될 테니까. 이런 사람들과 선을 그음으로써 이런 다짐을 하게 된다. 나는 절대로 진실의 일부로 나를 포장하지 말자. 가까운 이들의 신뢰를 대중의 관심이나 논란거리로 만들지 말자. 그리고 누군가를 깎아내리며 올라서는 방식으로 성장하지 말자.

내가 선을 긋도록 해준 사람들은 내게 좋은 거울이 되어준다. “이렇게 살지 말아야지”라는 강력한 교훈을 주는 거울. 오늘도 나는 그 거울을 보며, 조금 더 나은 사람이 되기 위해 노력한다. 혹시나 어디서라도 내가 저런 모습을 보인다면 언제든 편하게 이야기해 주시길.

폴더 3.

“결국 사라지겠지만, 결코 사라지지 않을 순간들”

✓ 그만둘 때 그만두는 것

우리는 실패를 '결승선을 통과하지 못하는 것'이라고
생각한다. 하지만 더 이상 추구할 가치가 없는 일을
계속하는 것이야말로 진정 실패하는 것이다.

- 애니 듀크, 《퀏 Quit》

"하고 싶은 말을 다 했거든. 그래서 이제 더 이상 영상을 만들지 않아."

내가 꼽은 2022년 '올해의 문장'이었다. 개인적으로 친분이 생긴 유튜버 친구에게 구독자 수가 그렇게 많은데도 왜 유튜브를 계속 운영하지 않냐고 물었는데, 그때 돌아온 답이었다. 수많은 구독자와 안정적인 수익, 그리고 높아진 인지도. 일반적인 기준으로 보면 '승승장구'하는 순간에 “하고 싶은 말을 다 했다”는 이유로 그만두겠다고 결정한 그의 태도가 정말 대단하다고 느껴졌다.

크리에이터의 세계는 참 아이러니한 곳이다. 처음에는 ‘하고 싶은 이야기’가 있어서 시작한다. 각자 가슴속에 품고 있던 메시지, 세상과 나누고 싶었던 이야기, 혹은 변화시키고 싶었던 무언가, 그런 순수한 열정으로 첫발을 내딛는다. 하지만 어느 순간 시시각각 변하는 알고리즘을 폭군처럼 마주하며 처음에 시작했던 창작의 진정성은 희미해져 가기 쉽다. 더 많은 시청자를 끌어들이기 위해 자극적인 썸네일을 고민하고, 더 빠른 업로드를 위해 콘텐츠의 질을 타협하기도 한다. 남들이 좋아한다는 형식을 따라 하거나 외부의 누군가를 인터뷰하는 콘텐츠로 방식을 바꾸기도 한다. 알고리즘의 눈치를 보며 트렌드를 쫓다 보면, 어느새 자신이 왜 이 일을 시작했는지조차 잊어버리는 경우를 종종 보았다.

이런 생각을 하던 시점에 굉장히 많은 구독자를 보유한 한 유튜버가 커뮤니티에 올린 글을 보게 되었다. 그는 음악을 통해 사람들에게 즐거움을 줬던 인기 크리에이터였다. 그랬던 그가 더 이상 콘텐츠를 올리지 않겠다고 글을 올렸다. 그의 마지막 인사말은 매우 특별했다. "이번 영상을 올리고 결과를 보니 지속이 어려운 게 맞는 것 같습니다"로 시작한 그의 고백은 담담했지만, 그 속에 담긴 고민의 무게는 결코 가볍지 않았다.

유튜브 알고리즘에서 멀어지고, 시청자의 관심도 떨어지는 상황에서 고민이 많았을 텐데 "내려놓을 때는 내려놓아야죠!"라는 말로 자신의 한계를 인정하고 그만두는 선택을 했다.

세상은 종종 '그만두는 것'을 실패의 동의어처럼 여긴다. '포기하면 패배자'라는 암묵적인 압박이 있고, '끝까지 해내는 것'만이 미덕이라고 여기는 분위기도 존재한다. 하지만 진정한 용기는 어쩌면 이런 사회적 압박 속에서도 자신의 진심을 지키기 위해 그만둘 수 있는 결단에 있는 건 아닐까?

비단 크리에이터에게만 해당하는 얘기는 아니다. 평범한 일상에서도 마찬가지다. 때로는 '그만두는 선택'이 필요할 수 있다. 더 이상 성장이 없는 직장을 떠나는 것, 관성적으로 이어오던 관계를 정리하는 것, 의미를 잃은 취미를 내려놓는 것. 이 모든 결정에는 용기가 필요하다.

많은 경우 '계속하는 것'의 가치를 중요하게 언급한다. 끈기, 인내, 지구력……. 물론 이것들도 중요한 덕목이다. 하지만 때로는 '그만두는 것'에도 같은 수준의, 어쩌면 그보다 더 큰 용기가 필요할 수 있다. 익숙한 것을 내려놓고, 안정된 것을 포기하고, 새로운 불확실성을 받아들이는 용기.

하고 싶은 말을 다 했다는 이유로 콘텐츠를 올리지 않을 결정을 하는 크리에이터의 결단은 단순한 포기가 아니었다. 그것은 더 이상 추구할 가치가 없는 것을 내려놓고, 본질에 충실하기 위한 선택이었다.

세상은 종종 실패를 마치 중도에 멈춰버린 마라톤 주자처럼, '결승선을 통과하지 못한 것'으로 정의한다. 하지만 어쩌면 진정한 실패는 이미 말라버린 화분에 물을 주며 봄을 기다리는 것처럼, 의미를 잃은 일상을 관성처럼 붙잡고 있는 것에 있을지도 모른다. 내려놓아야 할 무언가가 있을 때 내려놓는 선택을 하는 것. 그것이 어쩌면 진정한 새로운 시작이 될 수 있다.

진정한 실패는
이미 말라버린 화분에 물을 주며
봄을 기다리는 것처럼,
의미를 잃은 일상을 관성처럼
붙잡고 있는 것에 있을지도 모른다.

✓ 나이는 숫자에 불과하다

일흔일곱 살이 되기 전에는
내가 그림을 그릴 수 있다는 사실을 전혀 몰랐어요.

- 미국의 화가, 애나 메리 로버트슨 모지스

"한 살이라도 젊었더라면……."

신입 사원 때 옆자리에 앉은 40대 차장님에게서 들었을 법한 이 말을, 내가 하게 될 줄은 몰랐다. 버스에 앉아 SNS를 보다가 불쑥 튀어나온 말이었다.

SNS에서는 반짝이는 삶들을 자주 목격한다. 화려한 투자 수익률 그래프를 자랑하는 젊은 재테크 고수들, 자신만의 브랜드로 세상을 매혹시키는 사업가들, 그리고 회사에서 승승장구하는 라이징 스타들. 그들의 성과를 보며 많이 배워야겠다고 생각하다가도 의외의 포인트에서 놀라게 된다.

'이렇게 좋은 성과를 내고 있는데 생각보다 어리시네?'

얼마 전에도 친구와 성공한 한 사람에 관해 대화하다가, 그분의 나이가 생각보다 많지 않다고 이야기하자 친구는 "그 사람이 어린 게 아니라 네가 늙은 거야"라고 말했다.

사회에서 두각을 나타내는 사람들이 이제는 나보다 어린 사람이 더 많다는 사실을 깨닫고 나니, 어느덧 나이를 먹었다는 현실을 실감한다. 씁쓸한 마음이 들면서도 한편으론 그들이 부러웠다.

특히 20대의 눈부신 성공 스토리는 네온사인처럼 나에게 강한 인상으로 남는다. 그들의 화려함에 박수 치다가도 때로는 그 강렬한 빛 아래서 내 그림자가 유난히 짙어지는 것 같기도 하다. 스타트업 대표, 청년 갑부, 젊은 크리에이터……. 그들의 이야기에 시간이 갈수록 무력하다고 생각했던 적도 있다. '나는 몇 살에 성공할 수 있을까?', '나는 아직도 좋은 차 하나 없는데?'라는 고민이 꼬리에 꼬리를 문다. 그리고 이런 이야기를 주변 또래 친구들과 이야기하면 그들도 나와 비슷한 고민을 하고 있다는 사실에서 묘한 위로를 얻기도 했다. 우리는 각자의 불안과 초조함을 풀어놓으면서도 진부하게 "나이는 숫자에 불과해. 우리도 할 수 있어!"라는 말을 덧붙이기도 했다. 그렇다. 역시 진부하다고 생각하지만, 사실 나이는 숫자에 불과하다.

몇 년 전, 한 지역의 교회로 봉사 활동을 간 적이 있다. 지방에 있는 그 교회는 어르신들이 많아 늘 일손이 부족해 사소한 보수 작업 하나도 하기가 쉽지 않았다. 그래서 젊은 사람들이 방문해서 교회를 보수하고, 축제를 열어 주변 어르신들과 즐겁게 시간을 보내는 것이 봉사의 주요 목적이었다.

자주 가던 봉사 활동이었는데도 유독 어떤 날이 지금까지도 선명하게 기억나는 이유는 특별한 만남이 있었기 때문이다. 혼자 사시는 70대 할머님의 집을 방문했을 때였다. 교회에서의 일을 돕다가도 어르신들의 집에 도울 일이 있으면 종종 방문하곤 했다. 아무렇지 않게 들어간 집 안을 보자마자 매우 놀랐다. 온 집 안 벽에 빼곡히 영어 단어를 적어 붙여 놓으셨기 때문이다. 흰색 종이에 삐뚤빼뚤한 글씨로 다양한 영어 문장과 암기해야 할 영어 단어들이 붙어 있었다. 냉장고에는 'refrigerator', 창문에는 'window', 식탁에는 'dining table'. 처음에는 손주를 위한 것인 줄 알았다. 그런데 알고 보니 자기 자신을 위해 할머님이 직접 붙여 놓은 것이었다.

"와, 할머니 집에 영어 단어를 굉장히 많이 붙여 놓으셨네요?"

"응~ 영어 공부하고 있어. 난 혼자서 영어를 쓰면서 외국 여행을 가는 게 꿈이거든~"

그렇게 말씀하시는 할머님의 목소리에는 설렘이 담겨있었다. 런던의 빅벤을 올려다보고, 파리의 에펠탑 아래를 거닐고 싶다는 할머님의 꿈은, 시골 마을의 작은 집을 세계로 향하는 기착지로 만들어 놓았다.

그 순간 나에게 쳐놓은 한계의 벽이 무너졌다. 70대라는 숫자도, 시골이라는 환경도, 영어 공부를 시작하기에 너무 늦었다는 편견도, 할머님의 꿈 앞에서는 모래로 쌓은 벽같이 쉽게 허물어지는 한계일 뿐이었다. 나이는 숫자에 불과하다는 진부한 말을 나는 그 시골집에서 생생하게 마주하게 되었다.

TV 프로그램 〈유 퀴즈 온 더 블록〉이 초창기 길거리에서 시민들을 만나 인터뷰하던 시기에 만났던 한 할머님의 인터뷰가 생각난다.

'마음이 청춘'이라 말씀하신 한 할머님께 MC는 이렇게 질문했다.

"혹시 지금 마음은 몇 살이십니까?"

"40대요."

청춘이라고 하셨으면서 40대라고? 스무 살, 서른 살, 아니면 최소한 내 나이 정도라고 하실 줄 알았는데, 오히려 지금 내 나이보다 더 먼 미래라고 할 수 있는 나이를 선택하시다니. 의아한 것도 잠시, 이어지는 할머님의 말씀이 포인트다.

"40대면 다시 모든 걸 도전해 볼 수 있을 것 같아요."

나도 모르게 가슴 한편이 찌릿해졌다. '마냥 많게만 느껴졌던, 그때면 뭐라도 되어 있어야만 할 것 같아 두렵게만 느껴졌던 '40대'라는 나이가, 할머님의 마음속에서는 무한한 가능성이 열린 청춘의 시간이었다. 정작 나는 아직 오지도 않은 그 나이를 이미 내 성취의 마지노선처럼 여기고 있었다.

생각해보면 우리는 참 쉽게 포기한다. '이제 늦었어', '나이가 있는데……', '이 나이에 무슨……'이라는 말로 시작도 해보기 전에 문을 닫아버린다. 그러고는 '현실적인 이유'라는 반박할 수 없는 근거를 덧붙이고는 다시 열어보지 않는다.

작가이자 화가인 애나 메리 로버트슨 모지스는 76세에 처음 붓을 잡았다. 그녀는 평생 농장을 가꾸며 살았는데, 관절염으로 더 이상 자수를 놓을 수 없게 되자 그림을 그리기 시작했고, 101세로 생을 마감할 때까지 1,600점이 넘는 작품을 남겼다. 76세가 되어서야 자신이 그림을 그릴 줄 아는 사람이라는 것을 알았다는 그녀에게 나이는 그저 숫자에 불과했다.

영어 단어를 외우시는 할머님의 눈빛에서, 76세에 화가의 꿈을 이룬 모지스의 이야기에서 나이가 들어가며

쓰다 보니, 쓸 만해졌습니다

기록이란 그저 '남기는 것'을 넘어
'자신을 발견하는 힘'

순간의 가치도 중요하지만,
시간이 흘러도 변치 않는 진정성 있는 가치

취향이란 내가 좋아하는 것을 선택하고
싫어하는 것을 하지 않을 힘

개인에게도 'Why'가 필요하다

관점이란 옳고 그름의 영역을 넘어선,
각자의 인생이 만들어낸 고유한 안경

때로는 싫어했던 것이 좋아지기도 하고,
좋아했던 것이 싫어지기도 한다

더욱 강해지는 생명력을 느꼈다. 어쩌면 생기란 나이가 아닌, 가슴속에 품은 꿈의 크기에 비례하는 것인지도 모른다.

우리는 나이 듦을 너무 두려워하는 것 아닐까. 마치 시간이 우리에게서 무언가를 빼앗아 가기라도 하는 것처럼 생각한다. 하지만 시간은 경험이라는 선물도, 지혜라는 보물도 함께 안겨준다.

오늘 나는 어제보다 하루 더 나이 든 얼굴이지만, 돌아보면 앞으로 살날 중 가장 젊은 날이기도 하다. 내일은 오늘보다 하루 더 늙겠지만, 꿈을 꾸는 힘만큼은 하루 더 자라있기를. 영어 단어를 외우시는 할머님처럼, 늦깎이 화가처럼, 나이는 그저 숫자일 뿐이라고 믿는 용기를 가져본다.

"한 살이라도 젊었더라면……."

이제는 이 말 대신 이렇게 말하고 싶다.

"지금이 가장 젊은 날이니까, 오늘 바로 시작해볼까?"

✓ 왜 사세요?

왜 살아야 하는지 아는 사람은
그 어떤 상황도 견딜 수 있다.

- 프리드리히 니체

가수 '다비치'의 멤버인 강민경은 유튜브 채널 〈핑계고〉에 출연하여 MC인 유재석과 다른 멤버인 이해리에게 이렇게 물었다.

"두 분은 왜 사세요?"

그러자 이해리는 이렇게 답했다.

"왜 사는지를 왜 생각해?"

같이 있던 유재석 역시 그 말에 동의했다. 하루하루 최선을 다해 살지만, 그것이 꼭 왜 살아야 하는지에 관한 이유 때문은 아니었다고. 이와 별개로 영화 평론가인 이동진도 한 방송에서 이렇게 말한 적이 있다. “하루하루는 성실하게, 인생 전체는 되는대로.”

브랜드 마케터로서 종종 기업 브랜딩에 대한 강연을 할 때, 내가 가장 중요하게 강조점을 두는 키워드는 바로 ‘Why’이다. 아마존 장기 베스트셀러인 《스타트 위드 와이(START WITH WHY)》라는 책에서는 비즈니스를 ‘왜’ 하는지 아는 것이 중요하다고 강조한다. 그저 돈을 벌기 위해서가 아닌, 그 이상의 무언가가 있어야 한다고 말하며, 꼭 필요한 그 무언가를 바로 ‘Why’라고 정의한다.

앞으로는 조금 더 쉽게 말해 ‘존재하는 이유’라고 생각해보자. 기업이 좋은 브랜드가 되기 위해서는 스스로 이 사업을 왜 하는지에 대한 명확한 정의가 있어야 하고 사람들에게도 그것을 널리 알려야 한다. 기업뿐만 아니라, 요즘은 개인에게도 이런 ‘존재하는 이유’가 중요한 세상이라고들 말한다.

'존재하는 이유'라는 그럴싸한 단어를 '개인'에게 적용해야 한다고 주장하면 반대의 목소리가 적지 않다. 인간이 꼭 존재해야 하는 이유를 찾고 살아야 하느냐에 대한 질문이다. 마치 이해리나 유재석처럼 말이다.

생각해보면 "왜 살아야 하는지를 꼭 정해야 하나요?"라고 묻는 사람들의 반문에도 일리가 있다. 당연한 일이다. 불과 100여 년 전만 해도 우리는 신분제 사회에 살고 있었다. 그 안에서 개인이 할 수 있는 것이라고는 정해진 신분에서 정해진 주인을 섬기거나 정해진 땅덩어리 범위 안의 마을에서 살다가 세상을 떠나는 것뿐이었다. 개인의 존엄이나 사명감 같은 단어들은 우리 역사에서 아주 최근에 등장한 신문물이다. 신분제가 폐지된 지는 꽤 되었지만, 그 이후에도 오랫동안 위계질서가 명확한 시대가 이어졌다. 그런 시기들마저 제외하면, '내가 미래를 스스로 결정할 수 있었던 세상'은 불과 몇십 년 동안의 일이다.

이렇게 오랜 세월 우리의 인생 선배들은 주어진 역할만 충실히 해내도 충분했다. 부모가 정해준 길을 걷고,

사회가 기대하는 모습대로 살아가면 그만이었다. 그런데 갑자기 "네가 살아가는 이유는 뭐니?"라고 묻는다면, 당황스러울 수밖에. "그런 건 학교에서 물어본 적이 없는데요? 부모님이 낳아주셨으니까 사는 거 아닌가요?"라는 질문이 절로 나오기도 한다.

이토록 쉽지 않음에도, 나는 개인에게도 삶의 'Why'가 필요하다고 주장하고 싶다. 이유는 간단하다. 그것이 우리의 선택에 방향을 제시하기 때문이다. 수많은 갈림길 앞에서, 우리는 종종 어느 쪽으로 가야 할지 망설인다. 그때 우리를 이끄는 것은 바로 "나는 왜 사는가?"라는 질문에 대한 답이다. 즉, 존재하는 이유이다. 이것은 단순한 철학적 사유로 세월 좋은 소리를 하는 게 아니라, 매우 실용적인 도구라는 뜻이다.

예를 들어보자. 직장에서 승진과 이직이라는 두 가지 선택지 앞에 섰을 때, 단순히 연봉이나 직위만으로는 결정하기 어려울 수 있다. 하지만 자신의 'Why'가 명확하다면 선택은 한결 수월해진다. "더 많은 사람에게 긍정적인 영향을 미치고 싶다"는 'Why'를 가진 사람이라면, 더 큰 영향력을 발휘할 수 있는 쪽을 선택하면 그만이다.

회계지식을 이해하기 쉽게 알려주기로 유명한 한 회계사님은 어떤 인터뷰에서 대기업을 퇴사하고 나온 이유에 대해 이렇게 말했다.

"사람들에게 많은 지식을 알려주는 것이 제 일이라고 생각했어요."

큰 기업에서는 자신이 추구하는 일을 제대로 실행할 수 없으리라 생각했고, 그래서 이직을 결심했다고 했다.

우리의 'Why'는 마치 등대처럼, 어두운 밤바다를 항해하는 배에게 방향을 알려준다. 그것은 꼭 거창할 필요도, 남들에게 인정받을 필요도 없다. 다만 진정성 있는 것이어야 한다. "나는 사람들에게 위로되는 이야기를 들려주고 싶어", "내 주변 사람들이 웃는 모습을 보고 싶어"와 같은 작은 이유만으로도 충분하다. 중요한 것은 그 이유가 나의 진심에서 우러나오는 것인가 하는 점이다.

여기서 잠깐, 그럼 장래 희망과 'Why'는 다를까? 장래 희망이 개인적 목표의 나열이라면, 'Why'는 타인과의 관계 속에서 내가 가져야 할 삶의 의미를 뜻한다. 쉽게 말해 장래 희망에는 나라는 '개인'만 있다면, 'Why'에는 타인과 세상이 들어있다. "의사가 될 거야", "부자가 될 거야", "유튜버가 될 거야"와 같은 명사형 꿈은 달성하는 순간 공허해질 수 있다. 실제로 많은 사람들이 자신의 장래 희망을 이룬 후에 더 큰 공허함을 느낀다고 한다.

하지만 "왜 의사가 되고 싶은가?"라는 질문은 우리를 더 깊은 내면으로 안내한다. "아픈 사람들을 돕고 싶어서", "누군가의 고통을 덜어주고 싶어서"와 같은 동사형의 답을 찾다 보면, 그것은 단순한 직업 선택을 넘어서는 의미를 갖게 된다.

나는 나만의 'Why'를 "나로 인해 삶이 조금이라도 긍정적으로 바뀌는 사람을 10명이라도 만들고 싶어서"라고 정의했다. 후배들에게 연락이 오고, 돈을 주지 않는 곳에서 강연 요청이 와도 어떤 곳은 재지 않고 수락하는 이유 역시 내가 정의한 나의 'Why' 덕분이다. 누군가 나의 얕은 시간으로 좋은 영향을 받을 수 있다면, 그게 내가 할 일이라고 생각하기 때문이다.

사실 우리는 모두 이미 알고 있는지도 모른다. 왜 사는지에 대한 각자의 답을. 다만 그것을 직면하기가 두렵거나, 혹은 그것을 인정하기가 부담스러워서 피하고 있는 것은 아닐까? 때로는 "그냥 살아요"라는 대답 속에도 깊은 의미가 담겨 있을 수 있다. 살아있다는 것 자체로 의미가 있다고 보는 시각도 충분히 가치 있는 'Why'가 될 수 있으니까.

왜 살아야 하는지를 고민하는 건 어렵지만, 그래도 필요한 일이다. 그것은 우리의 선택에 의미를 부여하고, 행동에 일관성을 만들어주며, 무엇보다 우리 삶을 더 풍요롭게 만들어주니까. 마치 별자리를 찾아가는 것처럼, 우리는 각자의 'Why'를 찾아가는 여정 속에 있는지도 모른다.

"왜 사는지를 왜 생각해?"라는 질문에 이제는 이렇게 답하고 싶다.

"그래야 더 잘 살 수 있으니까요. 더 의미 있게, 더 나답게, 그리고 더 진실되게."

개인에게도

삶의 'Why'가 필요하다.

그것이 우리의 선택에 방향을

제시하기 때문이다.

✓ 날아오르는 껄무새

일하던 중 스마트폰 알림이 울렸다. 이름하여 껄무새 소환 알림. 얼마 전 친구의 조언으로 소량 구매한 비트코인의 가격이 또 한번 최고가를 갱신했다는 알림이었다. 으악! 또 슬픈 생각이 들었다. 비트코인이라는 단어가 뜰 때마다 5년 전, 후배가 간절히 권했던 그 순간이 스쳐 지나간다.

"형, 지금 비트코인 380만 원인데, 딱 10개만 사놓으세요. 진짜 오를 거예요."

지금 계산해보면 대략 14억 원(24년 12월 기준) 정도일 것이다. 그 숫자 앞에서 나도 모르게 한숨이 나온다. 아, 그때 살걸! 들어서 알고 있었는데. 사실 뭐 그런 게 어디 한두 개일까.

또 하나의 슬픈 사례가 있다. 내가 사회초년생이었을 무렵, 서울 도심과 가까운 역세권 아파트를 5억 원 정도에 살 수 있었다. 그때 회사의 한 선배가 노래를 부르듯 말했다. "한솔아, 대출받아서라도 집 사라!" 그 얘기를 들을 때마다 "내 연봉이 고작 얼마인데 집을 사요"라며 코웃음을 쳤다. 지금 보면 선배의 말이 맞았다는 걸 뼈저리게 깨닫지만, 그 당시에는 그저 황당한 이야기로밖에 들리지 않았다. 돌이켜보면 '살 수 있는 방법이 매우 많았는데'라며 지금도 땅을 치며 아쉬워하지만, 사실 모든 걸 다 알고 있는 '지금'이기에 그렇게 보일 뿐이다.

이런 경험은 비단 나만의 이야기가 아닐 것이다. 내가 알지 못해 놓쳐버린 수많은 기회들을 보며 아쉬워하고, '그때 알았더라면 좋았을 텐데'라는 후회는 끊이지 않는다. 그런데 이런 생각이 들었다. 정말 5년 전으로 돌아갈 수 있다면, 나는 비트코인 10개를 덥석 살 수 있었을까? 서울 도심에 있는 집을 '에라, 모르겠다' 하고 대출받아 샀을까? 당당히 말할 수 있다. "아니요!"

사후확증편향(Knew it all along effect, '그럴 줄 알았어' 효과)이라는 심리 이론이 있다. 지나고 나서 보면 모든 게 뻔히 보이고 나도 할 수 있었다고 생각하게 만드는, 마법 같은 이상한 심리 증상이다. "그럴 줄 알았어!"라고 말하는 것 역시도 결과를 다 알고 있는 지금이기에 가능한 말이다.

비트코인이 10만 달러를 돌파한 지금(이 책을 쓰고 있는 시점에서)을 알고 있으니 '그때 샀으면 대박인데'라고 하지만, 정작 5년 전의 나는 이 결과를 알 리 없었다. 막상 샀다고 해도 2천만 원을 달성했을 때쯤 덜컥 팔아버리거나, 1천만 원대로 떨어졌을 때 마음 졸이며 손절했을지도 모른다. 5년이라는 시간은 생각보다 길다. 그 사이에 나는 이직했고, 인간관계 변화도 있었고, 결혼도 했다. 그 모든 과정을 겪으며 한 가지 믿음을 끝까지 유지한다는 건 생각처럼 쉽지 않다.

얼마 전 일기장을 정리하다가 5년 전의 기록을 봤다. 그때의 나는 지금과는 전혀 다른 고민을 하고 있었다. 지금은 너무나 당연히 알고 있는 지식도 그 당시에는 전혀 모르는 바보 같은 나였다. 미래가 불확실해서 매일 흔들렸다. 지금의 내가 당연하다고 생각하는 것들이, 그때의 나에게는 너무나 낯선 것들이었다. 마찬가지로 그때의 나는 지금 내가 하는 선택들을 상상도 못했을 것이다.

그렇다면 지금부터 시작하는 5년도 많은 것을 바꿀 수 있지 않을까? 과거의 선택을 후회하며 발목 잡히는 대신, 이제부터의 5년을 어떻게 채워나갈지 고민하는 것이 더 의미 있지 않을까?

우리는 늘 '지금'이라는 시간 속에 살고 있다. 과거로 돌아갈 수 없다면, 지금 이 순간부터 새로운 5년을 시작하면 된다. 비트코인은 놓쳤다 해도, 새로운 기회는 늘 우리 곁에 있으니까. 언젠가 5년 뒤의 나 역시도 오늘의 결정을 되돌아보며 "그때 이 선택을 하길 잘했어" 혹은 "아, 아깝다"를 외칠 것이다. 지금 이 순간도 훗날 '그때'라는 이름으로 불릴 테니까.

"그때 살걸, 그때 할걸"이라는 말은 뒤늦은 후회만 남길 뿐이다. "지금 하면 되지. 5년 뒤엔 지금을 돌아보며 웃을 수 있을 거야"라는 태도로 또 다른 미래를 열어보자.

뒤를 돌아보며 스스로를 탓하는 데 그치는 대신, 다음 기회를 향해 발걸음을 옮기는 모습이야말로 진짜 의미 있는 변화가 아닐까.

300만 원짜리 비트코인을 놓친 건 아쉽지만, 세상은 넓고 여전히 기회는 많다. 나에게 맞는 분야가 무엇인지, 오늘의 나는 어떤 열정을 가진 사람인지를 끊임없이 찾아보고 도전하다 보면, 5년 뒤에는 분명 놀라울 만큼 달라진 내 모습을 발견하게 될지도 모른다.

이제는 "그때 할걸"이라는 아쉬움 대신, 이렇게 말하고 싶다. "지금 하면 되지. 5년 뒤의 나를 위해서."

✓ 묵묵한 효율성

작가가 되고 싶다면 무엇보다 두 가지 일을 반드시 해야 한다. 많이 읽고 많이 쓰는 것이다. 이 두 가지를 슬쩍 피해 갈 수 있는 방법은 없다. 지름길도 없다.

- 스티븐 킹, 《유혹하는 글쓰기》

한때 나는 성과를 낼 수 있는 빠르고 효율적인 방법을 찾아다니는 데 집착했다. 이미 내 또래에 많은 성과를 내는 사람들을 보면서 불안했기 때문이다. 하루라도 더 빨리 성과를 앞당기고 싶었다. 시간이 아까웠다. 영어를 공부할 때도 '잠자면서 들을 수 있는 영어 강의'를 찾아 듣고, 운동을 시작했을 때도 '최소 시간 최대 효과'를 얻을 수 있는 운동법을 찾아다녔다. 또 사이클을 한 시간씩 타는 중에도 시간이 아까워 자기계발 유튜브를 보았고, 부동산을 공부하면서도 주식 공부를 병행하고, 브랜딩 전문가가 되겠다고 공부하면서도 데이터 분석가 과정을 들었다. 점심시간에는 샌드위치를 먹으면서 영어 팟캐스트를 듣고, 주말에는 운전하면서 경제 뉴스를 들었다. 한번에 두 마리 토끼를 잡으려 했고, 때로는 세 마리, 네 마리까지 욕심을 부렸다. 시간이라는 자원을 더욱 촘촘하게 나누고, 심지어 겹쳐서 사용해야만 직성이 풀렸다.

코로나19가 세상을 휩쓸며 재택근무가 늘어나자 이 '빠른 성과 집착증'은 더욱 심해졌다. 집에 틀어박힌 채 "뭔가 더 해야 해!"라는 강박감에 사로잡혀, 당시에 유행하던 '돈 버는 방법' 강의를 닥치는 대로 들었다. 스마트스토어에 관한 것도 배우고, 구매대행 강의도 듣다가, 갑자기 이모티콘을 만드는 게 유행이라고 해서 이모티콘을 만들어보기도 했다. 어느 날은 수익형 블로그를 시작했다가 한 달 만에 포기했다.

유튜브 알고리즘도 그런 나의 심리를 꿰뚫기라도 한

듯 '60일이면 배우는 영어', '3개월 만에 돈 버는 방법', '일주일 만에 시작하는 부업' 같은 영상을 끊임없이 추천해줬다. 마치 마법의 공식이라도 찾은 것처럼, 나는 그 영상들을 하나둘 클릭해 나갔다. 성공이라는 정상에 오르는 가장 빠른 지름길만을 찾아, 숨 가쁘게 달려온 나날들이었다.

돌이켜보면 그때의 나는 마치 보물찾기에 미친 사람 같았다. 이곳저곳을 파헤치며 금맥을 찾으려 했지만, 결국 어느 곳 하나 제대로 파보지 못했다. 시작은 거창했지만, 끝은 늘 허무했다. 새로운 것을 시작할 때마다 "이번에는 진짜 될 거야!"라고 다짐했지만, 그 열정은 늘 1개월을 넘기지 못했다.

그러다 우연히 한 성공한 사업가의 영상을 보았다. 그리고 그가 한 말이 가슴 깊이 박혔다.

"바보같이 해야 성공합니다. 저도 바보 같아서 오히려 이 (성공의) 자리까지 올 수 있었습니다."

그가 말한 원리는 단순했다. 머리가 좋은 사람일수록 '더 나은 방법'을 찾아 돌아다닌다는 것이다. 알면 알

수록 좋아 보이는 길이 많아지고, 이 강사 저 강사를 기웃거리며 "이보다 더 효율적인 방법이 있을 거야"라는 자신감에 사로잡힌다. 또는, 어떤 것을 이루기 위해 해야 하는 당연한 방법을 따르기보단 자신만의 해석을 담아 자기식대로 해석하기도 한다. 머리가 좋은 사람이 이런저런 생각만 하는 사이에 한 가지 일만을 우직하게 밀어붙인 사람은 먼저 결실을 맺는다. 이 와중에도 머리가 좋은 사람들은 결국 아무것도 달성하지 못한 채 또 새로운 지름길을 찾거나, 자신만의 방법을 새롭게 만들어낸다. 정작 알고 보면 그것이 더욱 멀리 돌아가는 길인지도 모른 채 말이다.

우리는 늘 '최적의 방법'을 찾는다. 최소의 시간과 노력으로 최대의 효과를 내는, 그런 마법 같은 방법 말이다. 물론 똑똑하게 일하는 것이 빠르고 효율적일 수밖에 없다. 하지만 어떤 일에서는 어쩌면 우리에게 필요한 건 더 똑똑한 방법이 아니라, 한 가지를 꾸준히 할 수 있는 바보 같은 고집일지도 모른다.

스티븐 킹이 “작가가 되려면 많이 읽고, 많이 써야 한다”고 말한 것도 결국 같은 맥락이지 않을까. 글쓰기든 운동이든, 돈 버는 일이든 결국 지름길은 없다는 것이다. 마치 농부가 매일 아침 묵묵히 밭을 가는 것처럼, 무용수가 같은 동작을 수천 번 반복하는 것처럼, 어떤 일은 그저 시간과 정성을 들여야만 한다. 지름길은 없다. 단지 한 걸음, 한 걸음 앞으로 나아가는 길만이 있을 뿐이다.

그래서 요즘은 하나를 시작하면 그것에만 집중하기로 했다. 당장의 성과가 보이지 않더라도, 더 좋은 방법이 있을 것 같더라도, 일단 시작한 것은 끝을 보기로 했다. 매일 조금씩이라도 진전을 만들어내고, 그 작은 진전들이 쌓여 어떤 결과를 만들어낼지 지켜보기로 했다.

어쩌면 이 길이야말로 진정한 ‘효율’일지도 모른다. 바보처럼 한 길을 걸어가다 보면, 어느덧 내가 전문가가 되어 있을 것이고, 남들이 보기에는 ‘저 사람 대체 어떻게 저렇게 잘하지?’ 싶은 경지에 이를지도 모른다. 그때까지 필요한 건 사실 하나뿐이다. 묵묵히 걸어가는 것. 더 이상 마법 같은 지름길을 찾느라 방황하지 않아도 된다는 자

유로움. 그 한 가지 길을 고집하는 '바보스러움'이야말로,

언젠가 가장 현명한 선택이 되어줄 수 있지 않을까.

✓ 운칠기삼

성공한 사람이 있고, 실패한 사람이 있다.
어디까지가 행운이고, 어디까지가 노력과 재주이며,
어디부터가 리스크일까? 누구도 정확하게 알 수 없다.

- 모건 하우절, 《돈의 심리학》

"도박은 운칠기삼이야."

영화 〈타짜〉에서 '호구'가 '정마담'에게 던진 대사다. '운칠기삼'이라는 말은 승부에는 운이 70%, 기술이 30% 작용한다는 뜻이다. 도박과 같은 확률 싸움에서 주로 쓰이는 말이지만, 때로는 인생의 성공 사례를 언급할 때도 자주 등장한다. 한 개인의 능력이나 노력보다 환경, 시절, 인연이라는 외적 요소가 더 큰 영향을 미친다는 것이다. 영화에서 "도박은 운칠기삼이야"라는 대사가 흘러나왔을 때, 아마 많은 관객이 웃으면서도 한편으론 씁쓸하게 동의했을 것이다. '기(技)', 즉 기술이 중요하다는 걸 부정하지 않으면서도, 어쩐지 우리의 인생에서 '운(運)'이 (70%까진 아니어도) 꽤나 크게 작용한다는 사실을 인정하게 되는 순간이 있으니까 말이다.

'노력'이라는 말을 좋아하는 사람의 입장에서는 운을 논하는 일이 달갑지 않을 수도 있다. "최선을 다하면 뭐든 이뤄진다"는 구호가 익숙한 사회에서, "운도 무시할 수 없다"라는 문장은 때로 불로 소득이나 바라는 사람처럼 보일 수 있다. 그러나 돌이켜 보면, 우리가 사는 현실은 늘 운으로 변화하는 경우가 많다.

실제로 우리는 삶에서 그런 순간들을 자주 마주한다. 같은 노력을 해도 다른 결과가 나오는 경우, '운'이라는 요소를 무시할 수 없다는 것을 깨닫는다. 내가 하는 일만 해도 그렇다. 철두철미한 계획으로 만들어 낸 콘텐츠보다 아무 생각 없이 올린 콘텐츠가 영문도 모른 채 엄청난 조회 수를 달성하기도 하니까. 이런 현상을 그저 '노력'이나 '실력'이라는 단어로 포장하기엔 좀 낯부끄러운 면이 있다.

흥미로우면서도 내심 다행인 점은 이런 '운'도 어느 정도는 관리가 가능하다는 사실이다. 현대 야구계의 슈퍼스타 오타니 쇼헤이와 콘텐츠 크리에이터 주언규 작가에게서 각각 다른 방식으로 운을 관리하는 방법을 배울 수 있다.

먼저 오타니 쇼헤이 선수가 보여준 '운'에 대한 태도는 흥미로우면서도 시사하는 바가 크다. 세계 최고의 야구 선수 중 한 사람으로 손꼽히는 그가, 어린 시절부터 '만다라트(mandarat)'라는 아이디어 기법을 통해 목표를 구체화했다는 사실은 이미 유명하다. 만다라트라는 것은 3×3칸짜리 사각형이 가로와 세로로 세 묶음씩 이어지는 구성을 사용해, 중앙 칸에는 자기 최종 목표를, 둘러싼 주변 칸들에는 그 목표를 이루기 위한 하위 목표를 하나씩 적는 방식이다. 오타니 쇼헤이가 작성한 하위 목표 중 하나가 바로 '운'이었다. '인사 잘하기', '쓰레기 줍기', '심판을 대하는 태도' 같은 작고 사소해 보이는 실천 사항들이 함께 적혀 있다는 점이 인상적이다. 누군가에겐 "왜 이런 게 필요하지?" 싶을 수 있다. 하지만 오타니 쇼헤이는 언제 어디서 운이 찾아올지 모른다는 믿음을 갖고 있었고, 자신에게 좋은 운이 오도록 작은 행동과 마인드부터 바르게 갖추겠다는 의지를 적어둔 것이다.

다른 예로, 주언규 작가 역시 책《슈퍼노멀》에서 '운'을 어떻게 관리하는지에 대해 이야기하는데, 그의 조언은 명료하다. '실력'의 영역과 '운'의 영역을 구분할 줄 알아야 하며, 운을 높이는 방법 중 하나는 결국 시도를 많이 해봐야 한다는 것이다. 예컨대 콘텐츠를 만드는 '기획력'이나 '제작 능력'은 실력의 문제지만, 그것이 대박이 날지, 아닐지는 운의 문제라는 거다. 그렇다면 '잘 터질 때까지' 시도 빈도를 높이는 편이 가장 좋은 선택지가 된다. 실제로 주사위를 여러 번 굴릴수록, 높은 숫자가 나올 확률도 자연스레 올라가는 원리와 비슷하다. 콘텐츠라면 콘텐츠, 사업 아이템이라면 사업 아이템, 결국은 "여러 번 시도하고, 그중 하나가 운 좋게 터지기를 기대하는 전략"이 필요하다는 것이다.

물론 '운'을 강조한다고 해서, "실력은 필요 없다"거나 "아무것도 노력하지 않아도 운만 좋으면 승승장구한다"고 말하는 건 아니다. 행운의 여신은 어쩌면 준비된 자에게 더 미소 지을지도 모른다. 그러나 우리가 흔히 간과하는 건, '준비와 노력'만으로 채워지지 않는 여백이 분명 존재한다는 사실이다. 이 점을 부정하면, 누군가는 지나치게 자신의 실력 부족을 탓하거나 반대로 과하게 남의 성공을 비하할 위험이 있다.

'임포스터 증후군'이라는 말이 있다. 세상 많은 셀럽이 겪는 심리 현상으로 자신은 운이 좋아 그 자리에 올랐을 뿐, 남들이 생각하는 것만큼 뛰어나지 않은 자신의 실체를 곧 들키지는 않을까 두려워하는 심리상태를 뜻한다. 대체로 큰 성취를 해낸 사람들은 어느 순간 자신에게 찾아온 행운의 계기를 겸손하게 언급한다. "내가 잘해서가 아니라 그때 타이밍이 맞았을 뿐"이라든가, "이 기회가 다른 사람에게 갔다면 그 사람이 성공했을 것"이라고도 말한다. 물론 겸손의 미덕일 수도 있으나, 동시에 실제로 운이 주는 힘을 절감했다는 방증이기도 하다.

그렇다면 어떻게 해야 할까. 무엇보다 중요한 건, 운이란 결코 통제 불가능한 미지의 영역만은 아니며, 주사위를 던질 기회를 아예 늘리지 않는다면 어떠한 가능성도 열리지 않는다는 사실을 깨닫는 것 아닐까? “언젠가 나에게도 좋은 일이 생기겠지”라고 막연히 바라기만 한다면, 그 운은 어쩌면 영영 찾아오지 않을지 모른다. 다만, 주사위를 던질 ‘횟수’를 늘린다면, 그리고 운이 왔을 때 그것을 붙잡을 준비가 되어 있다면 눈앞의 기회를 놓치지 않을 수 있다. 즉 ‘시도’와 ‘준비’가 만나야 운이 비로소 ‘결실’이 되는 셈이다.

인정하기 싫더라도 ‘운칠기삼’이라는 말은 늘 우리 곁에 존재한다. 그 말을 믿는다고 해서 모든 노력이 무효가 되는 건 결코 아니다. 오히려 “운도 무시할 수 없다”는 사실을 받아들이는 순간, 우리는 좀 더 유연하게 세상을 바라보고, 더 많은 시도를 감행해 볼 자신감을 얻을지도 모른다.

✓ 바디프로필을 통해 배운 두 가지 교훈

Before: 몸무게 90kg, 체지방률 25%

After: 몸무게 68kg, 체지방률 7.8%

이 숫자들은 꽤나 치열했던 내 6개월의 시간이 만든 바디프로필 촬영 후의 성과다. 정말 많은 에너지를 썼던 개인 프로젝트였다.

바디프로필을 찍겠다고 결심한 이유는 사실 거창하지 않았다. 건강한 삶을 꿈꿨기 때문이다. 무릎이 아프기 시작했고, 몸이 둔해졌으며 건강 검진을 하면 건강을 위해 체중 감량을 하라는 제안을 받던 시점이었다. "운동도 하고, 살도 좀 빼야지" 하는 가벼운 마음에 강한 동기부여가 필요했다.

겸사겸사 나이가 더 들기 전에 날씬한 내 모습을 기록해두고 싶다는 생각도 있었다. 마침 믿을 만한 트레이너를 만났고, 그 흐름을 놓치고 싶지 않아서 "딱 6개월 뒤에 바디프로필을 찍자!"라고 선언했다. 그리고 마음이 흔들리지 않도록 스튜디오 비용까지 미리 결제했다.

그 결심은 내 인생에서 가장 많은 의지력을 끌어올린 시간이 되었다. 스스로도 몰랐던 절제력을 발견했고, 숱한 유혹과 싸우며 극단적으로 '무언가를 깎아낸' 나날을 보냈다. 힘든 만큼 만족스러운 결과물도 얻었다. 하지만 바디프로필이 내게 남긴 가장 큰 선물은 사진이 아니었다. 그보다 더 중요한 두 가지 깨달음을 얻었기 때문이다.

가장 먼저 얘기하고 싶은 깨달음의 주제는 '목표'다. 애매한 목표는 결국 나를 지치게 만든다는 배움이었다. 바디프로필 촬영을 앞두고 알게 된 사실이 있다. 사진으로 보이는 '멋진 몸'은 단순한 날씬함을 넘어서는 세계라는 것이다. 짝 갈라진 복근, 군살 하나 없는 옆구리, 선명한 근육선은 현실에서는 쉽게 유지할 수 없는, 어쩌면 '찰나의 몸'이었다. 짧은 시간 안에 그런 이미지를 만들어내려면 비정상적으로 극단적인 감량이 필수였다. 그를 위해서 탄수화물을 거의 끊었다. 내 몸에 들어가는 탄수화물이라고는 '단호박 몇 조각'이 전부였다. 촬영 날이 가까워지자 사진을 촬영하는 부위의 근육만을 키우는 데 집중했다. 사진에 드러나지 않을 하체 운동보다는 사진을 찍을 가슴과 팔, 어깨 근육을 키우는 데에 모든 에너지를 쏟았다. 촬영 직전에는 최대한 수분을 빼야 했다. 건강을 위한 과정이 아니라 '사진을 위한 몸'을 만드는 과정이었다.

결국 바디프로필은 성공적으로 찍었다. 그런데 곰곰이 돌아보니, "건강해지고 싶다"는 애초의 목표에서 멀어지고 말았다. 체중은 줄었지만, 콜레스테롤 수치는 오르고 간 수치는 비정상적으로 높아졌다. 한쪽 다리에 무리가 가면서 아킬레스건에 염증이 생겼고, 그 후유증은 꽤 오랫동안 나를 괴롭혔다. 특정 근육만 집중해서 운동해서 자세가 불안정해지기도 했다. 돌이켜보면 최선을 다해 달려왔지만, 방향이 어긋나 있었다. 짧은 시간 안에 무언가를 이루겠다는 조급함이 결국 원래의 목적과는 다소 먼 방향으로 나를 다른 길로 이끌었다.

그래서 알게 됐다. 내가 열심을 다하는 어떠한 목표가 잘 생각해보면 '본질'과는 거리가 멀 수도 있다는 것을. "건강해지겠다"는 목표라면, 그 끝은 바디프로필이 아니라 건강 그 자체여야 했다. 사진은 그 과정에서 얻어지는 하나의 기록일 뿐, 목적이 될 수 없었다. 하지만 정작 준비하는 과정에서는 오직 '멋져 보이는 결과물'에만 몰두했다. 잘못된 방향으로는 전력 질주를 해도 제대로 된 곳에 다다르지 못한다. 사소해 보이지만 그 영향은 생각보다 컸다.

또 다른 하나는 최선에 관한 이야기다. "최선을 다하는 것"은 생각보다 훨씬 힘들다. 처음에는 운동과 식단을 조절하더라도 체중은 쉽게 빠지지 않았다. 돌아보니 내 몸은 그 정도의 노력에는 이미 익숙해져 있었다. 그래서 극단적인 조치를 취했다. 닭가슴살과 현미밥만 먹으며, 매일 세 시간씩 운동했다. 아침에는 공복 유산소를, 낮에는 웨이트를, 주말이면 산을 뛰어올랐다. 친구들이 삼겹

살을 먹을 때도 나 혼자 닭가슴살을 씹으며 "식단을 지켜야 한다"는 생각을 놓지 않았다.

이렇게 삶 전체를 바꾼 뒤에야, 체중이 줄기 시작했다. "적게 먹고 많이 움직이면 살이 빠진다"는 원리는 누구나 알고 있다. 하지만 정말 해 보면 안다. 그 '적게'가 우리가 상상하는 것보다 훨씬 적고, 그 '많이'가 생각보다 훨씬 많다는 것을. 몸의 변화를 만들어내기 위해서는, 지금껏 내가 "최선을 다했다"고 믿었던 수준을 훨씬 넘어서는 노력이 필요했다. 그리고 깨달았다. 내 인생에서 무언가를 확 바꿔내려면, 작은 노력만으로는 힘들다는 것을. 고통스러울 정도의 몰입이 필요하다는 것을.

이제는 시간이 흘러 아킬레스건 통증도 많이 나아졌고, 식단도 좀 더 유연해졌다. 바디프로필을 찍었던 과정은 힘들었지만, 분명 나를 변화시켰다. '나는 이만큼까지도 해낼 수 있구나'라는 자신감도 얻었다. 하지만 건강과 멋짐을 둘 다 잡고 싶었던 욕심이 어느새 '멋진 사진 한 장'에만 몰두하게 된 나 자신이 안쓰럽기도 하다. 눈앞의 목표에만 몰두하면, 애초에 왜 시작했는지조차 잊을 수 있다.

결국 이 모든 과정은 내게 남다른 의미로 다가왔다. 때로는 고통스러웠고, 감정이 예민해져 주변 사람들에게 괜한 짜증을 내기도 했다. 하지만 지나고 나니, '나는 어디까지 할 수 있는가'와 '어떤 방향으로 가야 하는가'를 깊이 고민하는 계기가 되었다. 그리고 무엇보다, 목표를 제대로 세우고 그 방향을 지키는 일이 얼마나 중요한지를 뼈저리게 느꼈다.

몸은 가벼워졌지만, 마음에는 수많은 깨달음이 묵직하게 쌓였다. 앞으로는 그 무게를 잘 활용해서, 내가 가고 싶은 방향에 조금 더 정직하고 확실하게 다가갈 수 있기를 기대해본다.

✓ 유지력

내가 볼 때 에너지가 제일 필요한 게 두 개인 거 같아.
뭐냐면 열심히 살려면 에너지가 필요하고
올바르게 살려면 에너지가 필요해. 이 둘 다 엄청난
에너지가 필요해. 열심히 살아야 되면 왜가 필요하고
올바르게 살아야 되는 것도 왜가 필요해. 이게 생각해보면
올바르게 사는 게 힘들어. 왜냐면 속에서는 막 별의별 욕구가
다 일어나는데 그걸 다 누르고 올바르게 살려면 힘들잖아.
그러니까 굉장한 에너지가 필요한 거야.

- 가수 박진영

"……? 뭐야, 왜 이렇게 살이 쪘지?"

어느 날 강연이 끝나고 지인이 보내준 사진을 보고

적잖이 놀랐다. 한동안 내 모습을 사진으로 본 적이 없었는데, 몰랐던 사이에 엄청나게 몸이 불어났기 때문이다. 이번엔 정말 살이 쪘다며 내가 한탄하자 "살쪘단 얘기 좀 그만해!"라며 아내에게 한 소리를 들었다. 하지만 이번엔 진짜로 쪘다. 코로나 시기에 재택근무를 하면서 비교적 여유롭게 몸 관리를 잘했기에 나름 유지된 줄 알았건만, 실제로는 급격히 살이 오른 상태였다.

자초지종을 따져보면 이유는 명확했다. 이직을 한 것이 가장 주요한 이유였다. (회사가 힘들어서라는 얘긴 아니니 오해하진 말아 주시길) 내가 살을 15kg까지 감량하고 유지했던 시기는 코로나19로 인해서 회사가 오랜 기간 재택근무를 하고 있을 때였다. 사회적 거리두기가 종식된 이후에도 출근 장소를 원하는 대로 지정할 수 있는 복지가 채택되어 가끔 출근하더라도 집까지의 거리가 30분도 채 되지 않는 곳이었다. 하지만 이직하면서 상황이 많이 바뀌었다. 출퇴근 거리가 2배 이상 늘어났을뿐더러 무엇보다 정기적으로 '시간을 정해놓고 출근'을 해야 하는 삶이 다시 시작됐다.

초반 3개월 동안은 힘들었다. 체력적으로 정말 힘들었다. 매일 더 이상 탑승할 수도 없는 버스에 욕을 하며 서로를 가열차게 밀어대는 사람들이 가득한 만원 버스를 타야 했기 때문이다. 퇴근길은 더 가관이었다. 찰나를 놓치면 또다시 한참을 선 채로 사람에게 휩쓸려서 고통 속에 가야 했기 때문에 앞문 뒷문 할 것 없이 먼저 타려고 서로를 밀치고 난리도 아니었다. 이렇게 2시간 반 가까이를 왕복하면 에너지가 거의 고갈된 상태로 집에 돌아왔다. 그러다 보니 운동할 기력이 남아 있지 않았다. 그런데 중요한 건 운동을 못한다는 것이 아니었다. 내가 사용할 수 있는 에너지의 대부분을 '회사로 이동하고 회사에서 일하는데' 쏟다 보니, 음식을 조절하거나 몸을 만들 에너지가 바닥나고 말았다는 점이다. 이건 약간 핑계지만 회사에 수북이 쌓여 있는 간식 코너도 내 살을 찌우는 데 한몫했다. 내 돈으로는 먹지도 않았을 젤리와 과자가 계속 공급이 되다 보니 에너지가 소진이 된 나로서는 '당이 당긴다'는 이유로 핸들이 고장 난 8톤 트럭처럼 컨트롤하지 못한 채 그것들을 먹어 치웠다. 이러한 일상이 계속되니 몇 년을 유지하던 내 몸무게는 단 몇 개월 만에 인생 최고치를 찍고 말았다.

출퇴근에 쏟는 에너지가 나를 이렇게 만들었다는 주장에는 근거가 있다. ‘저속노화’로 유명하신 정희원 교수님께서 ‘도시’와 관련한 책을 공동 저자로 출간한 적이 있는데, 그때 한 인터뷰에서 이와 관련해 “장거리 통근은 가속노화를 불러일으키는 중요한 매커니즘일 수 있다”고도 이야기하셨기 때문이다. 왜일까? 바로 장거리 통근이 우리에게 중요한 에너지를 모두 소진해 버리는 결과를 가져오기 때문이다. 그 에너지는 바로 ‘유지력’이다.

‘무언가를 하지 않도록 애쓰는’ 일은 의외로 엄청난 에너지가 필요하다. 책 《인스타 브레인》에서 이와 관련된 흥미로운 실험 결과를 볼 수 있다. 어떤 사람에겐 스마트폰을 전혀 안 보이게 치워두고 대화를 나누게 하고, 다른 사람에겐 스마트폰을 책상 위에 올려 둔 채 대화를 나누게 했다. 결과적으로 이 두 그룹의 대화 만족도는 현저하게 달랐다. 스마트폰이 눈에 보이지 않았던 그룹은 대화에 잘 몰입하고 만족한 반면에 스마트폰을 책상에 둔

그룹은 대화 만족도도 낮고 집중도 하지 못했다. 그 이유는 책상에 있는 스마트폰을 '만지지 말아야겠다'는 생각에 많은 에너지를 써서 정작 중요한 대화에는 집중력이 떨어졌기 때문이다.

출근의 위험성을 언급하고 싶어서 한 이야기는 아니다. 그저 우리가 의지를 잃는 이유는 에너지의 문제가 크기 때문이라는 말을 하고 싶었다. 우리가 원하는 '자기 자신의 모습'을 생각하고 유지하는 데에는 굉장히 많은 에너지가 들어간다. 그러다 보니 에너지가 고갈될 때는 우리가 어떤 선택을 '기본값'으로 세팅해두느냐가 우리의 삶을 만드는 데 굉장히 중요해진다.

에너지가 왕성할 때는 나도 "헬스장도 가고, 식단도 지키겠다"며 의욕이 넘친다. 문제는 체력이 바닥나거나 스트레스가 몰려올 때, 즉 절제력이 급격히 떨어질 때다. 누구나 에너지가 고갈되는 순간이 오기 마련이고, 그때 더는 절제할 수 없을 정도로 녹초가 된다면 결국 디폴트 값대로 움직일 수밖에 없다. 디폴트 값이라는 것은 굳이 생각하지 않아도 다양한 기계나 프로그램에서 그것을 할 수 있도록 자동으로 미리 지정해두는 세팅 값을 뜻한다.

사람에게도 그런 디폴트 값이 존재한다. 절제력을 잃어버리는 순간 우리는 기존에 우리가 세팅해 놓은 디폴트 값을 무지성으로 실행한다. 이를테면 집에 들어오자마자 소파가 보여 눕게 되고, 스마트폰을 켜자마자 SNS 아이콘이 화면에 보이고 눈앞에 과자 봉지가 굴러다닌다면, 망설임 없이 소파에 누워 하루 종일 SNS를 켜고 과자를 집어 먹게 된다. 또는 친절하거나 다정하게 말하는 것도 힘들어진다. 우리가 집에만 오면 밖에서 사람을 대할 때보다 심한 말이 나오는 것도 어떻게 보면 에너지의 고갈로 생긴 불친절한 나의 디폴트 값이 작동하면서 생기는 일들이다.

우리 모두 의지력과 절제력이 무한하지 않다는 사실을 알고는 있다. 문제는 그걸 알면서도 "나는 꼭 해낼 거야"라며 자신을 과신하다가, 체력이 깡그리 바닥난 시점에서 모든 노력을 수포로 만드는 일이다. 그러니 스스로에게 맞는 디폴트 값을 마련해놓자. 힘이 없고 정신적 여유가 없는 날에도 최대한 '좋은 선택'을 할 수 있게, 혹은 '나쁜 선택'을 어렵게 만들어보는 거다. 식재료가 미리 손질되어 있고, 간단히 조리할 수 있게 정돈되어 있다면, 배달 음식 대신 직접 해 먹는 편이 훨씬 쉬워진다. 이렇게 '환경 설정'을 미리 해두면, 내가 의식을 놓았을 때도 건강한 선택을 할 확률이 높아진다. 과자를 사두지 않는 것이 과자를 먹지 않으려 노력하는 것보다 쉽고, 유튜브 앱을 스마트폰 화면에서 보이지 않는 곳에 숨겨두는 것이 시청 시간을 줄이려 애쓰는 것보다 효과적이다.

무조건적인 절제나 통제가 아닌, 현실적인 자기 관리가 필요하다. 그래서 나는 요즘 출퇴근 시간에 쓰이는 에너지를 인정하고, 그에 맞춰 새로운 디폴트 값을 설정하는 데 집중한다. 때로는 우리의 한계를 인정하는 것이 더 현명한 선택일 수 있다. 우리 모두 다 살기 힘든데 굳이 그것을 유지력에게까지 나눠주지 말자.

✓ 넓고 깊은 제너럴리스트

광고 회사에서 AE로 일한지 5년 차 정도가 되자 내가 가진 역량에 자신감이 넘치기 시작했다. TV 광고에서부터 디지털 캠페인, 프로모션 기획까지 가리지 않고 해봤으니, 말 그대로 '제너럴리스트'라는 자부심이 있었다. 어디에 데려다 놔도 광고라는 결과물을 뽑아낼 수 있는 올라운드 플레이어처럼 느껴졌고, 내게 주어진 어떤 미션도 '잘 해낼 것'이라 믿었다. 실제로 수십억짜리 TV CF부터 몇만 원으로 제작하는 카드 뉴스까지 다뤄본 경험이 있었고, 국내 톱스타부터 건당 2만 원을 받는 블로거와의 협업까지 다양한 인플루언서와도 협업을 해봤던 터였다.

그런데 정작 이직을 준비하는 과정에서 나는 의외로

난감한 질문들을 자주 마주했다. "그걸 다 하신다고요?", "그러면 정확히 뭘 주로 하신 건가요?"라는 질문들을 계속 받았기 때문이다. 어찌 보면 "정말 올라운더로 다 가능하다"는 말을 하고 싶었지만, 채용을 해야 하는 회사의 실무자 관점에서 보면 "그럼 전문성은 어디에 있는 거죠?"라는 의구심이 따라붙을 수밖에 없었다. 나는 마치 이것저것 '많은 일을 하는 게 본업'인 사람처럼 보였다. 그러다 보니 채용하는 사람들의 입장에서는 "결정적인 한 방이 무엇인가?"를 궁금해했고, 그 시절 나는 그에 대한 답을 명확히 제시하지 못했다.

"이것저것 다 해요"라는 말은 "어느 것 하나 깊이 못 파요"라는 말로 들릴 수 있는 위험성이 있다. 실제로 많은 회사가 제너럴리스트를 환영한다고 말하면서도, 채용 단계에서는 특정 분야에 대한 전문적인 역량을 요구한다. 나 역시 팀을 꾸려야 하는 입장이 되어 보니, 막상 면접 자리에서 "모든 게 가능합니다"라고 어필하는 지원자에게 으레 "그러면 특히 어떤 역량이 가장 돋보이시나요?"라는 추가 질문을 하게 된다. 만약 그 질문에 뚜렷한 답을 못한다면, '정말로 본인이 할 줄 아는 게 뭔지 아직 모르는 사람' 같은 인상을 줄 수밖에 없다. 사람을 채용하는 입장이 되어 보니까 알겠더라. 모든 것을 할 줄 안다고 말한다는 것은 오히려 진짜로 자신이 정말 무얼 잘할 수 있는지를 모르는 사람에 가깝다는 것을.

일본에 〈브루터스〉라는 잡지가 있다. 1980년부터 발행된 이 잡지는 남성들이 좋아할 만한 다양한 주제를 자신들만의 관점으로 잘 풀어내는 것으로 유명하다. 라이프 스타일부터 만화, 일상, 술, 태도, 패션, 스포츠 등 주제도 매우 다양하다. 한번은 〈브루터스〉의 편집장님이 서울에서 강연을 진행한 적이 있어서 감사한 마음으로 참여한 적이 있다. 강연이 끝나고 질의응답 시간에 누군가가 '편집자'의 태도에 관해 물었다. 상세하게 풀어보자면, 〈브루터스〉는 그렇게 많은 이야기들을 잡지에 담아내는데, 어떻게 그 주제와 관련된 글을 다 작성하고, 그 글이 잘 쓰여졌는지를 판단할 수 있느냐는 질문이었다. 편집장님은 이렇게 답했다. "제너럴리스트이기 때문에 가능하다"고. 그는 스스로를 제너럴리스트라고 소개하며, 중요한 포인트를 덧붙였다. "진정한 제너럴리스트는 100가지를 1만큼 알면서도 그중 한 가지만큼은 100만큼 아는 사람이다." 즉, 다방면의 지식과 경험을 가지고 있으되, 그중에서도 '내가 최고 수준으로 잘하는 한 가지'를 명확하게 보유한 이가 진짜 제너럴리스트라는 뜻이다.

스포츠 역사상 가장 영향력 있는 농구 선수 중 한 명인 마이클 조던이 그랬다. 조던은 공격, 수비, 리바운드, 어시스트까지 그야말로 만능 플레이어였지만, 대중에게 가장 깊이 각인된 모습은 역시 하늘을 가르며 꽂아 넣는 덩크 슛이었다. 무수한 득점 중에서도 가장 중요한 순간, 덩크라는 결정적 무기로 판도를 뒤바꿨기에 사람들은 '마이클 조던 = 덩크 슛'이라는 등식을 기억한다.

나에게 그런 '덩크 슛'은 무엇일까? "이건 정말 한솔에게 맡겨야 해. 그 분야라면 저 사람이 최고지"라고 또렷이 떠오를 수 있는 무언가가 있을까. 돌아보면 내가 존경하고 배워온 직업적 선배들은 대부분 여러 가지 업무를 잘 처리하면서도, 한두 가지 분야에서만큼은 독보적인 내공을 갖고 있었다. 예를 들면, 데이터 분석에 유난히

강하거나, 크리에이티브한 아이디어를 폭발적으로 낼 줄 안다거나, 혹은 까다로운 클라이언트조차 스스럼없이 설득하고 관계를 맺는 재능이 뛰어났다.

결국 '넓이'를 갖추되 '깊이'도 잃지 않는 것. 이것이 요즘 시대가 바라는 '진정한 제너럴리스트'의 모습인 듯하다. 100가지를 할 줄 아는 것은 물론 좋다. 그 폭넓은 지식이 융합되어 새로운 가치를 만들 수도 있다. 그러나 이 중 하나만큼은 남들에게 "이건 내가 제일 잘해요"라고 자신 있게 말할 수 있어야 한다. 그렇게 해야만, 기획이든 마케팅이든 제작이든 프로젝트 리더십이든 어떤 상황에서도 자신의 존재 가치를 뚜렷이 증명해낼 수 있다.

새로운 지식을 흡수하고 다른 분야로 시야를 넓히는 태도 못지않게 끝까지 놓치지 말아야 할 한 가지가 있다면, 바로 그 누구와도 비교 불가한 '나만의 무기'를 길러내는 일일 것이다. 스스로에게 "결정적 순간, 내가 이 게임을 바꿀 수 있는 한 방이 있는가?"를 자주 물어볼 필요가 있다.

오늘도 매일 고민한다. 내 오랜 AE 경험이 가져다준 '다재다능함'을 잘 살리면서도, 확실히 "이건 내 덩크 슛이다"라고 말할 수 있는 역량을 어떻게 다듬어 나갈지. 그것이, 진짜 제너럴리스트가 되어 가는 과정 아닐까.

"진정한 제너럴리스트는
100가지를 1만큼 알면서도
그중 한 가지만큼은
100만큼 아는 사람이다."

폴더 4.

"나만의 가치를 만드는 사소한 차이"

✓ 편협한 세상에서 벗어나 보자

첫 회사의 입사 동기와 함께하는 평범한 저녁 식사 자리였다. 이런저런 시시콜콜한 이야기를 나누던 중 집에는 어떻게 가는지에 관한 대화에서 자연스럽게 택시 이야기로 흘러갔다.

"나는 되도록 늦은 밤엔 택시를 안 타려고 해."

입사 동기의 말에 고개를 갸웃했다. 밤에는 택시가 더 많은데, 오히려 편한 것 아닐까? 내 의문을 눈치챘는지 동기가 씁쓸하게 웃으며 말을 이었다.

"택시를 타면 50%가 넘는 확률로 불쾌한 일을 겪어. 정치 얘기는 기본이고 결혼은 안 하고 무얼 하냐. 여자가 왜 회사에 다니느냐 등의 말을 듣는 것도 기본이야."

순간 할 말을 잃었다. 나는 지금껏 택시를 타면서 단

한번도 불쾌한 경험을 한 적이 없었다. 아니 정확히는 경험은 있지만, 내 쪽에서 더 강하게 컴플레인을 하는 경우가 대부분이었다.

내가 "나는 그런 적이 한번도 없었는데……"라고 말하자, 동기가 대답했다. "그건 택시 기사 입장에서, 오히려 네가 무섭기 때문인 거지." 그렇다. 키 180센티미터에 건장한 체격의 젊은 남성인 나는 오히려 택시 기사들에게 잠재적 위협의 대상일 수 있었다. 하지만 동기 자신의 표현으로 '아담하고 가녀린 체격의 어린 여성'이라면, 아니 사실 이렇게 디테일하게 표현할 것도 없이 택시를 타면 생각보다 많은 여성이 높은 확률로 불편한 감정을 느끼고 있었다는 걸 알게 됐다. 같은 도시, 같은 택시, 하지만 우리는 전혀 다른 세상을 살고 있었다.

나의 경험이 세상의 전부라고 생각했다. 마치 우물 안 개구리처럼. 하지만 세상은 그렇게 단순하지 않다. 때로는 성별이, 때로는 나이가, 때로는 외모가, 혹은 사회적 환경이 완전히 다른 현실을 만들어낸다. 그리고 그 차이는 생각보다 훨씬 크고 깊다.

'우물 안 개구리'라는 단어를 말하면 나의 부끄러운 사례가 떠오른다. 판교에 있는 회사에 다닐 때의 일이다. 그 당시 나는 지친 회사 생활 사이, 휴식과도 같은 점심시간에 사무실을 벗어나 근처 유명 백화점 지하로 향하는 일이 많았다.

그곳에서 마주치는 풍경은 늘 비슷했다. 무지개처럼 형형색색의 사원증을 목에 건 직장인들이 한편을 차지하고, 또 다른 한편에는 고급스러운 유모차를 앞세운 엄마들이 삼삼오오 모여 있었다. 각자의 취향대로 고른 점심 메뉴를 앞에 두고, 서로 다른 시간의 흐름을 만들어내는 두 집단.

오후 12시 50분이 되면 어김없이 찾아오는 순간의 풍경은 더욱 극적이다. 마치 마법에 걸린 신데렐라처럼 사원증을 목에 건 이들은 시간에 쫓기듯 자리를 박차고 일어났고, 반면 유모차 옆자리를 지키는 엄마들은 시간의 제약이 없는 것처럼 느긋하게 담소를 이어갔다. 카페에서 다른 엄마들과 함께 브런치를 즐기는 그들의 모습을 보고 있노라면, 마치 다른 세계의 풍경 같았다. '저들은 얼마나 여유로울까?' 부러움과 약간의 질투가 섞인 복

잡한 생각이 들었다.

하지만 우연히 보게 된 한 다큐멘터리로 인해 내 생각이 완전히 잘못되었다는 것을 알게 됐다. 〈EBS 지식채널e〉에서 여성의 날 기념으로 만든 다큐멘터리였는데, 제목부터 〈백화점에 엄마들이 많은 이유〉였다. 미혼인 친구 A의 시선에서 엄마가 된 친구 B를 바라보며 느낀 점을 말하는 화법으로 진행되는 다큐멘터리였다. A는 평일 낮에 백화점에 가서는 이렇게 생각한다.

'나만 아등바등 살고 있나? 남편은 뭐 하는 사람일까? 다들 이렇게 시간이 많아?'

하지만 이렇게 생각한 A는 곧 자신이 오해했다는 것을 친구 B를 보며 알게 된다. 유모차를 끌고 백화점을 온 B에겐 이것이 몇 달 만에 처음 하는 바깥 구경이고, A를 만나면서도 내내 아이가 크게 울지는 않을지 살피느라 편하지 않았다는 것을 알게 되었기 때문이다.

그러고는 백화점에 있는 수유실로 달려가는 친구의 모습이 이어진다. 이 다큐멘터리의 요지는 우리나라에서 육아를 하는 엄마들이 유모차를 끌고 갈 수 있는 곳이 생각보다 없다는 내용이었다. 넓은 주차장, 깨끗한 수유실, 기저귀 교환대, 유아 휴게실, 이 모든 것이 갖춰진 공간을 찾는 게 어렵기 때문에 결국은 시설이 좋은 백화점이나 대형 쇼핑몰로 모일 수밖에 없는 것이다.

그제야 보이기 시작했다. 아이와 함께 잠시 산책하고 싶은 마음으로, 봄바람을 쐬고 싶은 마음으로 나왔을 그들에게 백화점은 어쩌면 유일한 피난처였을지도 모른다. 내가 여유로움의 상징으로 보았던 그 공간이, 누군가에게는 숨 쉴 수 있는 몇 안 되는 공간이었다.

나의 편협했던 시각을 보여주는 또 다른 사례가 있다. 뉴스를 보며 '수어 영상이 왜 필요할까?'라고 생각한 적이 있었다. 자막은 눈으로 글자를 읽을 수 있도록 넣는 것인데, 영상에 자막이 들어가 있다면 수어 영상은 굳이 필요 없지 않을까 생각했었다. 하지만 매우 잘못된 생각이었다. 어떤 방송에서 한 수어 통역가가 하는 말을 들었기 때문이다.

"누군가에게는 '수어'가 모국어입니다. 수어로만 소통하던 사람들은 수어가 모국어에 가깝기 때문에 자막보다 수어가 편할 수 있어요."

이런 깨달음이 겹겹이 쌓여갈 때마다 민망함과 부끄러움이 밀려온다. 창문의 좁은 틈새로 세상을 바라보듯 제한된 시야로 판단해왔던 나의 오만함이, 시간이 흐를수록 더욱 선명하게 드러난다. 섣부른 판단으로 누군가의 인생을 단 한 장의 사진처럼 재단해버렸던 순간들이 떠오를 때면, 얼굴이 뜨거워졌다.

어쩌면 각자가 경험한 한 조각의 진실을 마치 온전한 세상인 양 믿고 있는 건 아닐까. 그리고 그 믿음의 테두리 안에서, 타인의 삶을 재단하고 있는 것은 아닐까?

세상은 마치 만화경과도 같다. 보는 각도에 따라, 들여다보는 사람에 따라 전혀 다른 모습을 보여준다. 누군가에게는 평화로운 밤거리가 다른 이에게는 두려움의 시간일 수 있고, 누군가에게는 즐거운 나들이 장소가 다른 이에게는 고단한 전쟁터가 될 수 있다. 같은 공간, 같은 시간이지만 그곳에서 마주하는 현실은 천차만별이다.

이제는 조금 더 조심스럽게, 조금 더 넓게 세상을 바

라보려 한다. 내가 보지 못한 것, 경험하지 못한 것들에 관해 섣불리 판단하지 않으려 한다. 내가 아무렇지도 않게 단정하고 판단한 누군가의 모습이 그럴 수밖에 없는 부득이한 상황일 수도 있다는 것을 배웠기 때문이다.

요즘에도 문득 확신에 찬 어떤 생각이 들 때면 스스로에게 묻는다.

"나는 정말 세상을 제대로 보고 있는 걸까?"

✓ 관점과 편견의 차이

친구들과의 모임에서 한 친구가 "동료와 함께 일하는 것은 너무 즐거워"라는 말을 꺼냈다. 그 말을 듣자 여러 친구에게서 서로 다른 목소리들이 튀어나왔다. 누군가는 차가운 웃음과 함께 "회사는 너무 믿지 마. 등에 칼 꽂히기 싫으면"이라고 했고, 또 다른 이는 눈을 반짝이며 "나에게 회사는 꿈을 준비하는 공간이야. 그래서 많이 배우고 있어"라고 말했다. 같은 공간과 대상을 두고 전혀 다른 이야기를 하는 그들의 말은, 모두 틀리지 않았다. 모두 각자의 경험으로 만든 세계를 이야기하고 있었으니까. 누군가는 회사에서 배신을 경험했을 것이고, 또 다른 이는 성장의 기회를 얻었을 테니까.

이렇게 각자의 시선으로 세상을 바라보는 것을 '관점'이라고 한다. 정확하게는 사전을 찾아보니 관점은 '사물이나 현상을 관찰할 때, 그 사람이 보고 생각하는 태도나 방향 또는 처지'라고 되어 있다. 마치 프리즘을 통과한 빛이 각도에 따라 다른 색으로 분산되듯, 같은 현상도 보는 이의 위치에 따라 전혀 다른 모습으로 해석될 수 있다는 의미이다.

각자가 살아온 환경이라는 토양, 개인이 겪은 경험이라는 날씨, 축적된 지식이라는 양분이 어우러져 저마다의 고유한 관점이라는 꽃을 피워낸다. 그렇기에 세상에는 완벽히 동일한 두 개의 관점이 존재할 수 없다. 결국 관점이란 옳고 그름의 영역을 넘어선, 각자의 인생이 만들어낸 고유한 안경과도 같다. 각자의 눈에는 자기만의 고유한 안경을 쓰고 있다. 모든 이의 관점은 그 자체로 귀중한 가치를 지닌다. 마치 모자이크를 이루는 각각의 조각처럼, 서로 다른 관점들이 모여 더 풍성한 세상의 모습을 그려내는 것이다. 그렇기에 관점이 다양한 사람들이 모여 사는 세상은 풍부하고 매력적이다.

각자의 관점으로 조화롭게 이 세상을 살아가면 참 좋겠지만, 문제는 이런 관점이 흑화되어 버릴 때 생긴다. 이것을 '편견'이라고 한다. 관점과 편견의 차이는 무엇일까? 누군가는 생각을 관점으로 만들어 해석하고 누군가는 편견에 갇혀 버리는 걸까? '편견'의 사전적인 뜻은 '공정하지 못하고 한쪽으로 치우친 생각'이다. 전체적인 맥락에서는 '관점'과 비슷하지만, 그 안에 들어있는 감정은 사뭇 다르다. 관점과 편견의 가장 큰 차이는 '치우침의 유무' 즉, '다른 것에 대해 얼마나 수용할 수 있느냐'이다. 관점이 편견이 될 때는 내가 보는 세상을 중심으로 '다른 사람도 그래야 해' 혹은 '이 세상은 모두 이래야 해'라고 한정 지을 때 생긴다.

요즘 자신의 경험을 강연으로 풀어내는 이들이 꽤 많다. 그들을 향한 시선이 두 갈래 길처럼 나뉜다. 한쪽에서는 "진짜 실력자는 강연할 시간도 없어"라는 냉소와 "진짜 중요한 정보를 누가 공개하겠어?"라는 의심으로 가득하고, '강의 팔이'라는 단어로 그들을 욕하기 바쁘다. 이들의 말도 마냥 틀린 말은 아니다. 분명 그런 경험을 했을 테니까. 하지만 정반대의 경험도 있다. 순수하게 좋은 정보를 나누는 이들도 만났고, 그들의 진심 어린 조언으로 인생이 바뀐 사람들도 보았다. 자신의 본업에 충실하면서도 주말에 시간을 쪼개 강연을 준비하는 사람도 만났다.

이처럼 이 세상은 어떤 문제에 대해 단 하나의 정답만을 허용하지 않는다. 그런데 편견은 왜 하나만을 정답처럼 고집하게 하는 걸까? 세상은 이렇게 여러 가지 시선으로 뻗어나가는데 누군가는 왜 나와 다른 세상의 존재를 부정하려 하는 걸까. 어쩌면 그것이 가장 편한 방법이어서일까? 아니면 불확실성을 받아들이기 두려워서일까?

편견이 아닌 관점이 되기 위해 중요한 건 '그럴 수도 있다'는 마음의 여유를 챙기는 것 같다. 내가 경험한 세상이 전부가 아님을, 내가 보지 못한 곳에도 다른 진실이 존재할 수 있음을 인정하는 것. 그것이 관점과 편견을 가르는 결정적인 차이일 것이다.

이는 마치 거대한 산을 오르는 등산객과도 같다. 누

군가는 동쪽 능선에서 일출을 바라보고, 또 다른 이는 서쪽 절벽에서 낙조에 취해있다. 북쪽 바위에 앉은 이는 구름 아래 펼쳐진 도시를 내려다보고, 남쪽 숲길을 걷는 이는 울창한 나무들 사이로 스며드는 빛을 발견한다. 그들이 보는 풍경은 모두 다르지만, 그 누구의 시선도 틀리지 않았다. 다만 각자가 본 것은 거대한 산의 한 단면일 뿐, 불완전할 따름이다.

회사 사람을 너무 믿지 말라고 했던 친구의 말로 돌아가 보자. 그 친구의 관찰이 틀린 것은 아니다. 다만 그것이 전부가 아니라는 것을, 더 넓은 세상에는 다른 모습도 있다는 것을 알게 되면, 그때 비로소 '관점'이 될 수 있지 않을까.

누구나 마찬가지다. 내 경험이 만든 가치관을 존중하되, 그것이 전부가 아님을 인정할 때 우리는 더 넓은 세상을 볼 수 있다. 나 역시 관점이라고 주장하지만, 편견의 시선으로 가득 찬 영역들이 생기곤 한다. 하지만 이제는 조금 더 넓은 마음을 갖고 묻고 싶다.

"제 세상은 이런데, 혹시 그쪽이 바라보는 세상은 어때요?"

결국 관점이란
옳고 그름의 영역을 넘어선,
각자의 인생이 만들어낸
고유한 안경과도 같다.

✓ 그때는 맞고 지금은 틀리다

2000년대 중반, '된장남, 된장녀'라는 말이 세상을 휩쓸었다. 허영심 때문에 분수에 맞지 않는 사치를 부리는 사람들을 비하하는 말이었다. 그런데 그들을 판단하는 기준이 뭐였는지 아는가? 바로 '스타벅스 커피'였다. 지금은 고등학생들도 일상적으로 마시는 이 커피가, 그때는 '밥값보다 비싼 사치품'이라며 손가락질 받았던 것이다.

시간을 거슬러 올라가 보면, 1995년도까지만 해도 '물'을 사 마시는 게 금지였다고 한다. 책 《그냥 하지 말라》에 따르면, 공공재인 물을 돈 주고 사 마시게 되면 사회적 위화감이 조성된다는 이유에서였다. 지금 편의점 냉

장고를 가득 채운 생수 브랜드들을 보면, 그때의 걱정이 무색하기만 하다.

더 가까운 과거에도 비슷한 사례가 많다. 내가 사회 초년생이었던 2010년대 초반만 해도 직장 상사가 회식 자리에서 강제로 신입 사원에게 술을 마시게 하거나 따르게 하는 일이 '관행'이라는 이름으로 용인됐다. 그때도 마음속으로는 잘못됐다고 생각했겠지만, 지금처럼 명백히 '잘못'이라고 목소리를 내긴 어려운 시대였다. 야근 문화도 비슷하다. '칼퇴근'은 금기어나 다름없었다. "막내가 벌써 가려고?"라는 말이 일상이었다. 정시에 퇴근하면 '회사에 대한 애정이 부족하다'는 평가를 받는 등 야근을 하는 것이 업무의 퍼포먼스처럼 여겨지기도 했다. 하지만 지금은 어떤가. 정시 퇴근은 당연한 권리가 되었다. 이처럼 과거의 '괜찮았던 것'이 현재의 '잘못'이 되는 순간, 한때는 '당연했던 문화'가 '구시대적 꼰대문화'가 되는 순간 우리는 시대의 변화를 실감한다.

이와 같은 변화를 보면서 우리는 중요한 사실을 깨

닫게 된다. 지금 우리가 '당연하다'고 생각하는 것도, 미래에는 전혀 다른 의미가 될 수 있다는 것을. 반대로 지금 우리가 '터무니없다'고 생각하는 것도, 미래에는 일상이 될 수 있다는 것을.

세상에는 참 많은 '당연한 것들'이 있다. 하지만 그 당연함이라는 것도 시간이 지나면 달라진다. 마치 오래된 사진을 들여다보며 '그때는 저게 유행이었어?'라고 웃음 짓는 것처럼, 우리의 생각과 가치관도 시간 속에서 끊임없이 변화한다.

지금의 '맞다'가 영원한 '맞다'가 아닐 수 있고, 지금의 '틀리다'가 영원한 '틀리다'가 아닐 수 있다. 시대는 끊임없이 변화하고, 사람들의 생각 역시도 변화한다.

그러니 오늘날 우리가 확신하는 것들에 대해서도, 한번쯤은 의문을 던져보자. 지금 우리가 당연하다고 여기는 것들이, 미래에는 어떤 모습으로 기억될까? 반대로 지금 우리가 이상하다고 생각하는 것들이, 미래에는 어떤 가치를 가지게 될까?

변화의 속도는 다르지만, 변화가 일어난다는 것은 변하지 않는다. 우리가 할 수 있는 건, 그 변화의 물결 속에서 조금 더 현명한 판단을 하는 것. 그리고 그 판단이 미래에는 어떻게 보일지 한번쯤 생각해보는 것이다.

어쩌면 지금 우리가 당연하다고 여기는 것들도, 10년 후에는 한껏 구시대적인 것이 되어 있을지 모른다. 시간의 흐름 속에서 우리의 생각이 어떻게 변화할지 궁금해서라도 오늘을 기록하며 먼 미래를 기대해본다. 그때는 또 어떤 이야기들이 우리를 놀라게 할까?

✓ 누구나 나아질 수 있다

돌아보면, 나는 참 어지간히도 일을 못하는 사람 중 한 명이었다. 만약 과거의 내가 지금 나의 후배라면…… 이렇게 일하지 말라고 불러다 놓고 한마디 해주고 싶을 정도다.

특히 세 가지 나쁜 습관이 있었는데, 이는 일뿐만 아니라 살아가는 데 있어서도 꼭 고쳐야 할 것들이었다. 다행히도 회사는 나에게 '일잘러'가 되는 법뿐만 아니라 '인간으로서의 성장'도 가르쳐주었다. 수없이 혼나면서 배운 교훈들이, 이제는 소중한 자산이 된 셈이다.

나쁜 습관 중 첫 번째는 '쓸데없는 일로 바쁜' 사람이었다. 그 당시 나는 3년 차가 넘어서도 자잘한 업무에만 매달렸다. 경쟁 PT 문서를 더 저렴하게 인쇄해 줄 곳을 찾느라 시간을 할애하고, 어떻게 하면 그럴싸한 견적서를 작성할 수 있을까 시간을 허비하고, 촬영 소품을 정리하는 데 시간을 쓰는 식이었다. 물론 필요한 일이었지만, 그때의 나는 이것만이 내 일이라고 착각했다. 책 《일의 격》에서는 이러한 사람을 '작은 수준의 노력'에 집착하는 사람이라고 말한다. 가장 중요한 일을 마주하기 싫어서, 혹은 해낼 자신이 없어서 주변의 작은 일들을 바쁘게 처리하며 자기를 위안하는 사람들이라고.

그러던 어느 날, 야근 후 술자리에서 선배가 던진 한 마디에 정신이 번뜩 들었다.

"한솔아, AE가 인정받는 길은 딱 두 가지밖에 없어. 기획을 잘하는 AE거나 영업을 잘하는 AE거나. 이 세상에 견적서 정리 잘하는 AE가 필요한 회사는 없어."

그 말을 들은 순간, 그동안 내가 얼마나 본질에서 벗어나 있었는지 깨달았다. 지금 생각하면 정말 감사한 말이다.

두 번째는 '무책임한 낙관주의자'였다. 특히 일정 관

리에서 이런 면모가 두드러졌다. 일주일 안에 처리해야 할 일이 있으면, 그 일주일이 온전히 그 일에만 몰두할 수 있는 시간이라 착각했다. 돌발 상황이나 다른 업무는 전혀 고려하지 않았다. 마치 경기도에서 서울 도심까지 가는 시간을 '새벽 3시에 전속력으로 달렸을 때'를 기준으로 잡는 것과 같았다. 현실의 도로는 길이 막힌다. 내 일도 무조건 막힐 수밖에 없었다. 결코 그렇게 호락호락하지 않았다. 이런 안일한 태도 때문에 프로젝트가 위기에 처하는 경우가 많았고, 결국 팀 전체에 피해를 주곤 했다.

세 번째는 '조용한 한 방'을 좋아하는 것이었다. 그래서 나는 목표일까지 아무런 중간 공유도 없이 결과물을 들고 나타나곤 했다. 마치 마술사처럼 마지막 순간에 완성된 결과물을 보여주려 했지만, 대부분의 경우 실패로 끝났다. 더 최악으로 마지막에 결과물을 들고 나타난 탓에 방향이 틀어졌을 때는 수습할 시간조차 없었다. 이런 습관은 일의 효율성을 떨어뜨리는 것은 물론, 팀의 결과물에도 크게 지장을 주곤 했다.

일을 못 하는 건 부끄러운 일이 아니다. 누구나 처음에는 서툴다. 물론 나는 지금도 완벽한 직장인은 아니다. 여전히 부족한 점이 많고, 때로는 과거의 습관이 쓱 고개를 들기도 한다. 하지만 그때의 나와 지금의 나는 분명 다르다. 매일 조금씩 발전하고 있다는 것을 느낀다. 그 시절 따끔한 충고와 가르침을 아끼지 않으셨던 선배들 덕분에, 나는 조금씩 더 나은 사람이 될 수 있었다.

지금도 어딘가에서 실수를 반복하는 누군가의 후배가 있다면, 말해주고 싶다. 너무 자책하거나 걱정하지 말라고. 지금 눈앞에서 일을 잘해 보이는 그 선배 역시 처음부터 잘했던 것은 아니라고. 조금 더 나아지겠다는 마음가짐으로 행동하면 누구나 변화를 경험할 수 있다고 믿는다.

✓ 선택하기 전에는 모르는 법이지

당신이 일단 미지의 세계로 뛰어들면 상상하지도
못했던 것을 발견하게 될 것이다. 그것은 새로운
세상이 아니라 새로운 경험으로 완전히 달라진 자신이다.

- 러셀 로버츠, 《결심이 필요한 순간들》

얼마 전 인터넷 커뮤니티에 한 사람이 쓴 글이 뜨거운 감자가 되었다. "우리 회사 과장님이 외벌이로 억대 연봉자인데 용돈 50만 원 받고 다닌다. 결혼 뭐 하러 하냐?"라는 주제의 글이었다. 그 글에 수많은 사람이 댓글로 결혼하지 말아야 하는 이유를 달기 시작했다. 결혼한 기혼자들의 실제 후기(?)도 있었지만, "나는 그래서 결혼하기 싫다"라는 취지의 댓글들이 더 많았다. 높아지는 결혼 자금, 불안정한 미래, 자유로운 삶의 제약 등의 이유가 대부분이었다. 실제 다양한 매체에서 미혼자들을 대상으로 실시한 조사에서도 '돈이 많이 들어서', '미래가 제한적이어서' 결혼하고 싶지 않다는 결과를 심심치 않게 찾아볼 수 있다. 이런 정보들을 접하면 아무래도 결혼을 선택하는 게 쉽지만은 않은 일이다.

과거에도 같은 고민을 했던 사람이 있다. 《진화론》을 쓴 찰스 다윈이다. 그는 결혼하기 전 '결혼의 장단점'을 비교표로 작성했는데, 자유로운 연구가 어렵고 집안을 신경 써야 하는 등의 제약이 커서, 결혼하지 않는 것이 압도적으로 좋다는 결론에 이르렀다. 지금의 커뮤니티 댓글에 달리는 '결혼하지 않아야 하는 이유'와 비슷했다. '사교 클럽에서 농담을 주고받을 수 없음', '아내를 기쁘게 하느라 시간을 낭비함', '저녁에 독서 불가', '가족을 부양하기 위해 하기 싫은 일을 해야 할 수 있음' 등 충분히 납득할 만한 이유들이다.

하지만 다윈은 결혼하지 않아야 할 수많은 이유를

대고서도 결혼을 선택했다. 그리고 흥미롭게도 이는 매우 성공적인 결혼으로 평가받는다. 다윈의 예측이 틀린 것이다. 그의 아내는 예상과 달리 누구보다 큰 조력자가 되어 그의 연구를 응원해 주었다고 한다. 찰스 다윈이 예측했던 결혼 생활에는 가장 큰 변수가 빠져 있었다. '정말 좋은 사람을 만날 것'이라는 가능성 그리고 '자신 스스로가 아내를 사랑하는 사람이 될 것'이라는 변수 말이다.

회사의 UX 리서처(소비자를 전문적으로 조사하는 담당자) 동료에게 소비자 조사에 대한 강의를 들을 때였다. 동료가 한 가지 흥미로운 이야기를 해줬는데, 사람들에게 '예측하는 질문'을 해서는 안 된다는 것이다. 즉, 경험하지 않은 것에 대해서는 질문하면 안 된다고 말했다.

예를 들면 어떠한 제품을 만들기 전, 사람들에게 이런 질문들을 던진다고 해 보자.

"이런 제품이 있으면 쓰시겠어요?"

만약 이렇게 질문했을 때 사람들이 긍정적으로 대답했다면, 그 제품을 출시해도 될까? 정답은 'No'이다. 그 조사는 정확하지 않기 때문이다. 설사 조사를 통해 실제

제품이 출시되더라도 그 제품을 쓰는 고객은 적을 수 있다. 그렇다고 해서 조사를 했던 사람들이 거짓말을 한 것은 아니다. 그들은 자신의 생각을 정확하게 얘기했다. 다만, 그 제품을 쓸 때의 자신의 실제 모습을 알 수 없었을 뿐이다. 발을 디디고 경험해보지 않은 세상에 대해서는 그 누구도 정확한 대답을 할 수 없으니까.

어쩌면 우리는 하지 않은 일의 결과에 대해 너무 쉽게 판단하고 있는지도 모른다. 물론 모든 것을 경험해 볼 수는 없다. 하지만 적어도 중요한 인생의 결정들에 대해서는, 좀 더 열린 마음으로 접근할 필요가 있지 않을까. 남의 선택과 내가 하는 선택이 달라질 수도 있다는 가능성 말이다.

무언가를 경험하기 전의 나와 경험한 후의 나는 마치 다른 우주에 사는 존재처럼 다르기 때문이다. 결혼을 통해 상상하지 못했던 장점을 얻었던 다윈처럼, 경험하고 난 후의 나는 경험하기 전에 내가 했던 고민들이 굉장히 부질없는 고민이었다는 것을 알게 될 수도 있다. 어쩌면 불가능하다고 생각했던 일이 가능해지기도 하고, 쉽다고 생각했던 일이 어려워지기도 한다. 때로는 싫어했던 것이 좋아지기도 하고, 좋아했던 것이 싫어지기도 한다.

나도 꽤나 생각이 많은 편이다. 늘 무언가 시작하기 전에 안 해야 할 이유를 백 가지쯤은 댈 수 있는 사람이기도 하다. 그러다 보니 선택이 두려운 적도 많았다. 하지만 이제는 새로운 도전 앞에서 조금 더 마음을 열고 과감히 한 발짝 내딛는 시도를 해 보려고 한다.

해 보지도 않고 단정 짓지 말자. 경험은 상상을 뛰어넘는다. 어쩌면 때로는 동전 한 닢의 우연에 운명을 맡기는 것도 좋다. 무엇을 선택하든 그 선택을 한 이후의 내가 더 넓은 세상으로 이끄는 문을 열어준다는 믿음으로, 내가 좋아하는 문장을 하나 나누면서 이 글을 마친다.

결심의 언저리에서 망설이는 사람들은,

팩트가 다 수집될 때까지 결정을 꺼리다가

결국 인생이 다 지나가 버렸음을 깨닫게 될 것이다.

인생의 어느 길을 알 수 있는 유일한 방법은

위험을 감수하고 그 길을 직접

살아 보는 수밖에 없다.

- 조너선 색스(Jonathan Sacks**)**

어쩌면 불가능하다고
생각했던 일이
가능해지기도 하고,
쉽다고 생각했던 일이
어려워지기도 한다.

때로는 싫어했던 것이
좋아지기도 하고,
좋아했던 것이
싫어지기도 한다.

해 보지도 않고 단정 짓지 말자.

✓ 중요한 건 왜 하는지 생각해보는 것

한 가구 브랜드 담당자로부터 연락을 받았다. 누군가의 '선배'로서 편지를 써 줄 수 있느냐는 것이었다. 이 프로젝트는 다양한 직업군과 경험을 지닌 선배와 후배가 각자의 일과 생각에 관한 고민과 이야기를 편지라는 매개체로 응원과 조언을 전하는 프로젝트였다.

나는 콘텐츠 크리에이터이자 사업가를 꿈꾸는 후배 Y 님의 편지를 받았다. Y 님은 콘텐츠로 사람들에게 메시지를 던지는 것이 좋아서 다양한 콘텐츠를 만들고 있는데, 막상 이를 사업으로 시작하려고 하니, 소위 말하는 '팔이피플'이라고 손가락질 받을까 봐 걱정하고 있었다. 무언가 '파는' 행위가 자신의 본심을 잘못 해석할까 고민이 된다고 했다. 이와 관련해서 나에게는 확실한 기준점과 생각이 있었다. 그때 Y 님에게 보낸 답장으로 이번 글을 대신한다.

> 안녕하세요. 진심 어린 편지 감사드립니다. 기업을 브랜딩하는 마케터로서, 그리고 개인의 계정을 키우는 퍼스널 브랜드로서 저의 생각들을 나누고 싶습니다. 알려드리고 싶은 것이 많아 담백하게 자기계발서처럼 쓰는 것은 양해 부탁드려요.
>
> 결론부터 말하면 '신뢰를 얻는 것'과 '무언가를 파는 행위'는 반대의 개념이 아닙니다. 일단 가장 중요한 것! 어떤 행동을 하기 전에 가장 중요한 것은 '왜 그것을 하는가'에 대해 생각해보는 것입니다. 다른 사람들과의 관계를 통해 더 큰 가치를 만들어내고 싶은 크리에이터의 영역이라면 내가 그것을 하는 이유, 즉 'Why'를 고민하는 것이 우선입니다. Y 님이 사람들에게 던지고 싶은 이야기는 무엇인가요? 어떤 사람들의 머릿속에 '이런 게 궁금한데 Y 님에게 가봐야지!'라는 생각이 들

까요? 다른 사람들이 어떤 고민이나 필요가 있을 때 나를 찾을까에 대한 답이 Y 님의 'Why'가 됩니다.

이 기본 전제를 바탕으로 3가지를 더 말씀드릴게요. 먼저, 영향력이 커지는 것과 돈을 버는 것은 꼭 연결된 개념은 아닙니다. SNS 하나 없이 돈을 버는 사람도 매우 많습니다. 영향력이 있어도 그걸로 돈을 벌지 않는 사람도 있죠. 영향력을 돈으로 만드는 것은 별개의 노력입니다. 중요한 것은 어떤 선택이든 절대 잘못된 것은 없습니다. 자신의 영향력으로 수익을 내는 것은 정상적인 과정입니다.

둘째, 신뢰는 무언가를 팔지 않는 사람에게서 나오는 게 아니에요. '신뢰'라는 말의 뜻은 '믿고 의지한다'라는 뜻이죠. 신뢰라는 감정은 한결같음에서 나온다고 생각합니다. 무언가를 판매하더라도 한결같이 진심을 다한다면 그것이 신뢰로 돌아옵니다. 중요한 건 Y 님이 팔아도 이해해 줄 만한 것을 팔아야 해요. 예를 들면 평소에 옷을 좋아하는 사람이 정말 입기 좋은 스타일의 옷을 사람들에게 소개하는 관점에서 옷을 판다면 정말 찰떡이겠죠. 하지만 공부 브이로그를 올리시던 분이 갑자기 다이어트 효소를 팔면 어떨까요? 파느냐 마느냐가 중요한 게 아니라 '누가 왜 그것을 파느냐'가 더 중요합니다. 공구를 하고 싶다는 마음도 마찬가지예요. 공구는 방식일 뿐, 왜 공구라는 방법을 택했고, 무엇을 제공하려고 하는지가 더 중요합니다.

마지막입니다. 다른 사람들, 특히 그 길을 걸어보지 않은 주변인의 말에 너무 흔들리지 마세요. 발이 부르트도록 임장을 다니는 부동산 투자자에게 투기꾼이라고 쉽게 말하는 게 주변 사람들입니다. 분명 '팔이피플'이라고 불리는 사람들이 있긴 하죠. 맥락 없이 무조건 돈만 보고 물건을 파는 사람들이 확실히 있거든요. 하지만 Y 님 본인이 그런 사람이 되지 않으시면 됩니다. 그건 스스로 알 수 있죠. 그리고 '팔이피플'이라고 불리는 분들도 그렇게 쉽게 돈 버는 건 아니랍니다.

메시지를 전달하고 그 영향력으로 돈을 버는 것은 박

수받아야 하는 일입니다. 남들의 말에 흔들릴 것 같다면 '내가 이 활동을 왜 하고 있는지'를 꼭 다시 한번 돌아보세요. 응원합니다!

✓ 가장 개인적인 것이 가장 창의적인 것

"가장 개인적인 것이 가장 창의적인 것이다."

마틴 스콜세지 감독이 했던 이 말은 봉준호 감독이 아카데미 시상식에서 수상 소감으로 이야기하며 다시 한번 화제가 되었다. 처음 이 말을 들었을 때는 멋진 말이라고만 생각했다. 하지만 요즘 들어 이 말이 더욱 깊게 다가온다. AI가 순식간에 방대한 지식을 쏟아내는 시대, 인간만이 가질 수 있는 창의성은 무엇일까 고민하게 되면서다.

우리가 지나온 과거 지식의 시대에는 '아는 것'이 권력이었다. 특정 지식을 많이 가지고 있는 사람들이 존경받았다. 지식이 귀한 'know-how'의 시대였기 때문이다. 그러나 인터넷의 보편화로 인해 대부분의 지식에 쉽게 접근이 가능해졌고, 필요한 지식을 '어디서 찾을 것인가'를 아는 것이 능력이 되었다. 이른바 'know-where'의 시대였다.

이제 다시 한번 패러다임이 바뀌어 'know-who'의 시대로 접어들고 있다. AI라는 강력한 경쟁자가 등장했기 때문이다. AI가 정보를 제공하는 것을 넘어, 사용자의 선호와 필요에 맞춘 맞춤형 정보를 그대로 떠먹여 주는 세상. 어디까지 갈 필요도 없이 채팅 한번이면 모든 정보를 끌어다가 한번에 보여준다. 그러다 보니 이런 세상에서는 '누구의 생각을 믿을 것인가?'가 중요해진다.

"이거 너무 잘 쓰셨는데요? 진짜 고수의 기획서예요."

마케터들을 위한 취업특강에서 있었던 일이다. 수강생들의 마케팅 기획서 과제를 평가하고 있었는데, 한 수강생이 보내준 기획서를 보고 깜짝 놀랐다. 경력 10년 차 정도가 썼다고 해도 믿을 정도로 훌륭한 문서였는데, 알고 보니 AI의 도움을 받아 작성한 문서였다. 교육기관에서 공식적으로 AI를 활용할 것을 권장했기 때문이다. AI

를 이용해서 결과를 만들었다면 그 기획서는 누가 만든 것일까? 제출하고 AI에게 일을 시킨 수강생일까? 아니면 AI일까? 이처럼 AI를 통해 실력의 격차가 사라질 세상에서는 개인의 독특한 관점과 해석이 더 소중해질 수밖에 없다.

이제 단순히 지식을 가지고 있다는 것만으로는 AI를 이길 수 없다. AI의 도움만 있으면 주니어가 10년의 격차를 뛰어넘어 멋진 결과물을 낼 수 있는 세상이니까. 더 깊게 보면 생초보도 AI만 있으면 전문가처럼 보일 수 있다. 하지만 우리에게는 이런 세상과 싸울 수 있는 중요한 것이 있다. 바로 세상을 바라보는 각자의 시선, 전문 분야를 해석하는 독특한 관점이다. 그것이야말로 아무리 뛰어난 AI도 복제할 수 없는, 우리만의 창의성이다.

《브랜드가 곧 세계관이다》의 민은정 작가는 "관점이 행동을 낳고, 생각이 행동을 낳으며, 행동은 결과를 결정한다"고 말한다. 결국 어떤 관점을 갖고 있는지가 모든 것을 결정한다는 뜻이다.

우리는 때로 자신의 관점을 드러내는 것을 두려워한다. 너무 주관적일까 봐, 너무 개인적일까 봐 망설인다. 하지만 봉준호 감독의 수상 소감처럼 이제 가장 개인적인 것이 가장 창의적인 것이 될 수 있게 됐다. 아이러니하게도 모두 AI 덕분이다.

이제 우리는 단순히 정보의 전달자가 아닌, 세상을 해석하는 렌즈가 되어야 한다. "내 생각은 이래. 이것이 내가 세상을 바라보는 방식이야." 개인적인 생각을 더욱 당당하게 하자. 자신만의 관점으로 세상을 바라보고, 그것을 기꺼이 나눌 줄 아는 용기. 그것이야말로 이 시대에 우리가 가질 수 있는 가장 귀한 창의성이다.

때로는 틀릴 수도 있고, 때로는 부족할 수도 있다. 하지만 그것이 바로 나만의 것이기에 특별하다. 우리 모두가 가진 그 고유한 시선이, 결국 이 시대를 더 풍요롭게 만들어줄 테니까.

자신만의 관점으로
세상을 바라보고,
그것을 기꺼이
나눌 줄 아는 용기.

그것이야말로 이 시대에
우리가 가질 수 있는
가장 귀한 창의성이다.

✓ 내 삶의 로그라인

"한솔 님, 이 캠페인을 본 고객들에게 딱 하나 남는 게 있다면, 어떤 감정이 들었으면 좋겠어요?"

회사에서 CCO(Cheif Creative Officer)님에게 마케팅 아이디어를 공유하던 중 받은 피드백이었다. 고객이 느낄 단 한 줄의 감정. 소비자와 만나는 커뮤니케이션에서는 그것이 중요하다. 우리가 만든 캠페인, 우리가 만든 아이디어가 어떤 감정을 불러일으킬까? 마케팅이나 디자인을 할 때, 콘텐츠를 만들 때, 이것을 접할 소비자들에게 전달해야 할 가장 핵심적인 하나. 그 하나의 감정을 문장으로 정리해놓고 시작해야 한다고 조언해주셨다. 그래야 프로젝트가 끝나도 모호한 숫자나 다양한 피드백 속에서도 박수칠 수 있다고.

수많은 이야기와 아이디어 속에서 결국 남는 건 이런 하나의 감정이다. 그것이 마케팅이든, 콘텐츠든, 혹은 우리의 삶이든. 콘텐츠 업계에서는 이런 것을 표현하는 전문 용어가 있다. 바로 '로그라인'이다. 예를 들면, 〈꽃보다 할배〉라는 프로그램은 "선배님들과 함께 즐거운 여행을 떠난다"라는 단 한 줄의 로그라인에서 시작했다. 언제 어디서 어떻게 떠나느냐는 그 이후의 문제였다. 결국 이 프로그램이 전달하고자 하는 본질은 '즐거움'과 '선배님들과 함께 느끼는 여행의 행복감'이었다. 프로그램을 본 시청자들은 그 감정을 고스란히 느껴야 했고, 프로그램은 그것을 담는 것에 모든 것을 집중해야 했다. 이게 '로그라인'의 힘이다. 어떤 살을 붙여도 달라지지 않는 본질. 프로그램의 성패는 결국 로그라인에 달려 있다고 해도 과언이 아니다.

이런 '한 줄'의 힘은 우리의 삶에도 마찬가지로 적용된다. 우리는 각자 자신만의 로그라인을 품고 살아간다.

어떤 사람은 "세상 사람들은 아름답다는 것을 증명한다"라는 로그라인을 쓸 수도 있고, 또 다른 사람은 "끝없이 도전하며 새로운 길을 만드는 사람의 모습을 보여준다"라는 문장을 붙일 수도 있겠다. 그 한 줄은 개인의 가치관과 삶의 방향성을 고스란히 담아낸다.

나는 오랜 고민 끝에 내 인생의 로그라인을 이렇게 써보았다.

"모든 사람들이 살아온 자신만의 인생을 통해 멋진 가치를 창출하는 세상을 만들어간다."

중요한 건 이 로그라인을 끝까지 지켜내는 일이다. 마치 좋은 드라마가 첫 화의 주제 의식을 마지막 화까지 잃지 않듯이, 우리도 자신의 로그라인을 삶이라는 긴 작품의 엔딩 크레딧이 올라갈 때까지 일관되게 끌고 가야 한다.

때로는 이런 질문을 던져본다. 나는 그 한 줄을 얼마나 충실히 지켜가고 있을까? 위한솔 PD는 인생의 로그라인을 잘 지키며 삶이라는 작품을 연출하고 있는가? 우리에게 주어진 삶은 재촬영이 불가능한 원 테이크 드라마다. 그래서 인생이라는 콘텐츠에서 로그라인은 더욱 중요할지도 모른다.

매일 밤, 모니터링을 하듯 그날의 장면들을 돌아보며 생각한다. 오늘도 나는 내 로그라인에 한 발짝 더 가까워졌을까? 내일은 어떤 장면을 만들어갈까? 그렇게 하루하루를 쌓다 보면, 언젠가는 내 인생이라는 작품이 로그라인에 걸맞은 명작으로 완성되지 않을까.

모두가 각자의 로그라인을 통해 '자신의 삶'이라는 멋진 명작을 만들어가길 응원한다.

"모든 사람들이 살아온
자신만의 인생을 통해
멋진 가치를 창출하는
세상을 만들어간다."

참고문헌

프롤로그

- 보도 섀퍼, 《보도 섀퍼의 이기는 습관》, 박성원 옮김, 토네이도, 2022

폴더 1.

- 야마자키 세이타로, 《여백 사고》, 김영주 옮김, 북스톤, 2024
- 제이크 냅, 존 제라츠키, 《메이크 타임》, 박우정 옮김, 김영사, 2019
- 변지영, 《미래의 나를 구하러 갑니다》, 더퀘스트, 2023

폴더 2.

- 서은아, 《응원하는 마음》, 웅진지식하우스, 2024
- 정유정, 《완전한 행복》, 은행나무, 2021
- 모건 하우절, 《불변의 법칙》, 이수경 옮김, 서삼독, 2024

폴더 3.

- 애니 듀크, 《큇 Quit》, 고현석 옮김, 세종서적, 2022
- 스티븐 킹, 《유혹하는 글쓰기》, 김진준 옮김, 김영사, 2017
- 모건 하우절, 《돈의 심리학》, 이지연 옮김, 인플루엔셜, 2021

폴더 4.

- 러셀 로버츠, 《결심이 필요한 순간들》, 이지연 옮김, 세계사, 2023

(From Wild Problems by Russell Roberts, copyright © 2022 used by permission of Penguin Random House LLC.)

쓰다 보니, 쓸 만해졌습니다

초판 1쇄 발행 2025년 03월 27일

지은이 위한솔
펴낸이 김상현

콘텐츠사업본부장 유재선
출판1팀장 전수현 **책임편집** 전수현 **편집** 김승민 주혜란 심재헌
디자인 권성민 **마케팅** 이영섭 남소현 성정은 최문실
미디어사업팀 김예은 송유경 김은주 정미진
경영지원 이관행 김범희 김준하 안지선 김지우

펴낸곳 (주)필름
등록번호 제2019-000002호 **등록일자** 2019년 01월 08일
주소 서울시 영등포구 영등포로 150, 생각공장 당산 A1409
전화 070-4141-8210 **팩스** 070-7614-8226
이메일 book@feelmgroup.com

필름출판사 '우리의 이야기는 영화다'

우리는 작가의 문체와 색을 온전하게 담아낼 수 있는 방법을 고민하며 책을 펴내고 있습니다.
스쳐가는 일상을 기록하는 당신의 시선 그리고 시선 속 삶의 풍경을 책에 상영하고 싶습니다.

홈페이지 feelmgroup.com **인스타그램** instagram.com/feelmbook

ISBN 979-11-93262-45-0 (03810)

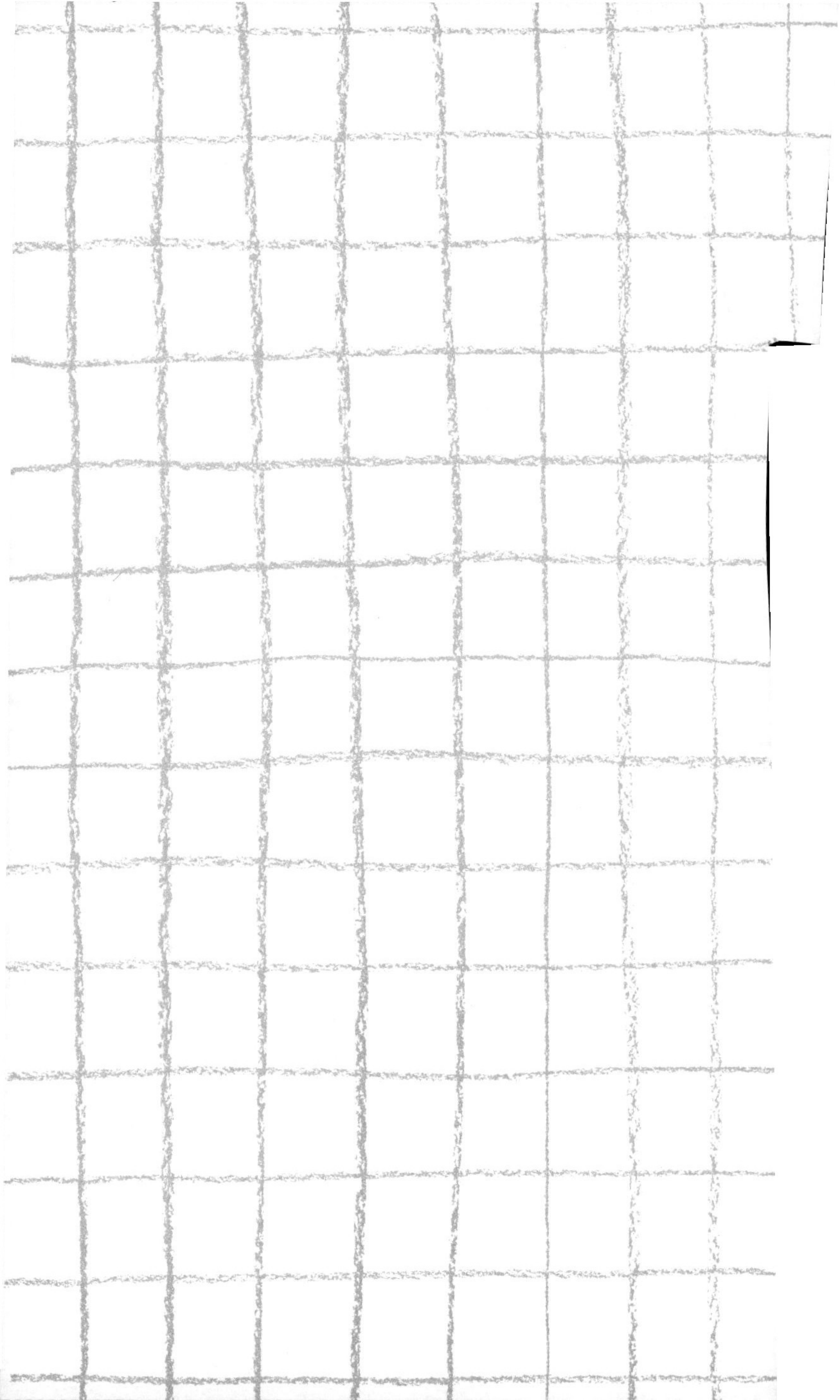